교육으로
행복해지는
세상

변화·혁신·창조를 통한 푸른 학교 바른 교육

교육으로 행복해지는 세상

최규호 지음

장서가

교육이 희망이다

지난 6년 참으로 행복했다. 제14대와 15대 교육감으로 연거푸 당선되어 전라북도교육감 직책을 대과없이 수행할 수 있었기 때문이다. 2만5,000여 교직원들과 180만 전북도민들의 한결같은 사랑과 성원이 뒷받침되었기에 가능한 일이었다.

나는 전북 교육의 수장으로 첫발을 내딛던 2004년 8월 18일 이후, 전북교육의 지표를 '더불어 살아가는 창의적 인간육성'으로 설정하고 '꿈을 키우는 학생, 사랑을 심는 교원, 만족을 주는 행정'의 구현을 위해 쉼 없이 전북교육만을 생각하며 달려왔다.

스스로 선거 불출마 선언을 하고, 이제 전북교육감으로서의 소임을 다하고 물러나야 하는 마당에 옛 시의 한 구절이 떠오른다. "연못가에 봄풀이 아직 꿈에서 깨어나기도 전에, 뜰 앞의 오동잎에서는 벌써 가을 소리가 나더라." 세월의 무상함과 함께 만감이 교차함을 의미하는 내용으로 지금의 내 마음과 딱 어울리는 구절이 아닐 수 없다.

사람이 살다보면 지나온 날에 대한 평가가 뒤따르기 마련이다. 하물며 전북교육감으로 재임했던 기간에 대한 과오와 공적에 대한 평가가 어찌 없을 것인가. 공적인 평가는 훗날 이루어지게 될 것이다. 그러나 임기를 마치면서 스스로 겸허한 평가를 내려 보는 것도 전북교육 발전을 위해서 의미있는 일이 될 수 있을 것이라 생각한다.

대과없이 교육감직을 수행했다고 자부하지만 먼저 반성부터 해보는 것이 순서일 것 같다. 세간에 학업성취도평가 결과보고 조작으로 알려진 임실교육청 사태는 두고두고 가슴 아픈 일이 아닐 수 없다. 원칙대로 보고만 했어도 아무런 문제가 없었던 일이었는데 과욕이 불러온 실수가 엄청난 결과를 가져왔다.

농산어촌지역의 학력 저하문제도 키다란 시련이었다. 전주와 익산 등 도시지역 학생들의 성적은 전국 240여개 지방자치단체 중 10위권에 오를 만큼 우수한데도, 일부 농산어촌지역의 성적이 낮게 나온 탓에 고초를 겪어야만 했다. 분명히 말하지만 전북지역 학생들의 성적은 결코 낮은 편이 아니다. 오히려 도세에 비해 높다고 자부한다.

스스로 공적을 이야기 하는 일은 쑥스러운 일이 아닐 수 없다. 그러나 개인의 업적이라기보다는 전북교육이 나와 함께 달려오면서 지난 6년 동안 거두어온 대표적인 성과들을 꼽아보는 일은 그리 계면쩍은 일이 아닐 것이다.

전국 최초로 시행한 농산어촌 무상급식과 중학교 학교운영지원비 실질적 폐지, 그리고 무료통학버스 운영은 지금 생각해봐도 참으로 바람직한 결정이었다. 사실 이러한 정책들을 처음 제안했을 때 아무도 쉽게 이루어질 수 없는 일이라고 생각했었다. 그러나 중학교까지 의무교육을 구체적으로 실현하자는 생각으로 과감하게 실천에 옮겨서 학부모들이 감당하는 교육비를 대폭 줄일 수 있었다. 이제 도민 누구나 이들 사례들을 전북교육의 자랑스러운 성과로 이야기하기를 주저하지 않는다.

또한 열악한 교육재정을 해소하기 위한 노력도 긍정적인 평가를 내려줄 것으로 믿는다. 교육분야에 대한 지방자치단체들의 협조를 얻어내기 위한 노력은 정말이지 쉬운 일이 아니었다. 조례제정부터가 난관이었기 때문이다. 그러나 2001년부터 2004년까지 4년 동안 126억 원에 불과했던 지방자치단체들의 교육비지원은 2009년 한 해만 해도 1,200억 원을 넘어서는 성과를 거두었다. 재임 6년 동안 약 4,746억 원에 달하는 교육경비 유치를 통해 교육인프라를 구축하고 학부모들의 교육비부담을 감소시켰다.

학력신장과 인성함양을 위한 다양한 교육정책들도 구현되었다. 2007년을 '학력신장 원년의 해'로 선포한 것을 시작으로 학력신장 전담팀 구성, 학교장의 학력신장 책임경영제 실시, 전공교과 관련 교원연수 강화, 학력증진비 증액 편성, 외국어교육 활성화 정책 등이 그것이다. 아직 뚜렷진 않지만 이러한 정책들의 성과가 조금씩 도출되고 있어서 조만간 전북지역 학생들의 학력 수준이 우수하다는 사실이 입증될 것으로 믿는다.

근대 100년 교육을 마무리하고 미래 100년 교육을 새롭게 펼치겠다는 생각으로 전북교육청 신청사를 준공시킨 것도 오랫동안 기억될 일이다. 뿐만 아니라 오랜 숙원사업이었던 김제와 부안에 교육문화회관 건립을 마무리하고, 전북과학교육원과 유아교육진흥원이 설립될 수 있도록 만반의 준비를 갖춘 것도 교육관계자들과 학부모, 그리고 도민들의 박수를 받을 만한 일로 생각된다.

교육위원과 교육감으로 재임했던 지난 16년 동안 전북의 교육 현장 구석구석을 셀 수 없을 만큼 찾아다녔다. 꾸지람도 듣고 박수도 받았다. 좌절도 하고 눈물도 흘렸지만, 보람을 느끼고 자부심과 긍지를 갖게 된 때가 훨씬 더 많았다.

이제 홀가분하게 무거운 짐을 내려놓는다. 어느 정도 주춧돌을 놓았다고 자부하기 때문이다. 앞으로 다른 목수가 나서서 기둥을 세우고 대들보와 지붕을 얹게 될 것이다. 학생이 행복하고, 선생님이 보람을 가지며, 학교와 지역사회가 신뢰하고 만족하는 학교가 만들어질 것이다. 물론 나도 전북교육을 위해서라면 작은 힘이라도 보탤 생각이다.

다시 한 번 말하지만 교육은 미래를 위한 준비이며 투자이다. 긴 세월을 기다려 다양한 잠재능력을 소유한 인재를 길러내는 것이 교육인 것이다. 힘 있는 국가와 풍요로운 지역사회, 개인의 자아실현은 교육을 통해 이루어진다.

교육이 희망이다. 우리나라 교육 전반에 걸쳐 과도한 입시 경쟁, 단조로운 교육과정 운영, 사교육비의 증가, 정부 주도의 교육 개혁, 학교 구성원의 자율성 결여 등 여러 문제점들이 산재해 있기는 하지만 우리는 교육을 통해서 국가와 지역사회의 희망을 찾아야 한다.

그러한 의미에서 전북도민들과 더불어 '교육으로 행복해지는 세상'을 만들기 위해 꿈꾸었던 시간들은 참으로 행복했음을 고백한다.

2010년 6월

최 규 호

| 목 차 |

서문 교육이 희망이다 · 004

제1부 전북교육의 활로를 찾다

고독한 결정 '불출마 선언' · 012

치열했던 선거 그리고 역전승 · 017

선거공약에 담긴 비전과 미션 · 020

전북교육의 과제를 안고 취임 · 024

제2부 더불어 살아가는 창의적 인간육성

가슴이 따뜻한 사람을 만들자 · 030

푸른 학교 바른 교육

파레토의 법칙

공동체가 함께하는 감동의 교육

지역사회와 어깨동무

학력이 경쟁력이다 · 048

학력신장 인프라 구축

공교육의 힘, 전북e스쿨

독서-토론-논술교육

사교육비를 줄이는 방과후학교

세계로 나가는 영어교육

복지사회를 지향하는 특수교육

인성교육도 학교가 책임진다 · 081

아름다운 만남 멘토링

학교부적응학생 교육

참 한국인을 키우자

학교폭력 제로화 운동

화해로 열어가는 통일교육

제3부 푸른 학교 바른 교육

농산어촌학교 살리기 · 110

농산어촌 교육 활성화

작고 아름다운 학교 육성

교육시설 및 환경 선진화 · 120

인텔리전트 클래스 룸 구현

녹색성장 녹색학교

에듀 에코 프로젝트

화장실 환경 개선사업

전국 최초의 무상급식 · 128

무상급식의 점진적 확대

친환경우수농산물 급식

사교육비 최소화 · 133

학교운영비 지원

농산어촌 무료통학버스

유아교육 지원 확대

급물살을 탄 학교변화 · 141
교육시설의 획기적 개선
반원형과 사다리꼴 책상
학교도서관의 변신
딱딱하지 않고 먼지 없는 운동장
주민에게 문을 연 학교
두 마리 토끼를 잡아라
지역경제를 생각하다
BTL 사업 성공의 법칙

학교의 변신은 무죄 · 164
이제는 소프트웨어다
방과후학교 만족도 전국 1위
지자체와 손을 잡아라
교육의 사각지대를 품다
통합 운영 필요한 방과후학교

특기적성을 살려라 · 176
다양한 교육콘텐츠의 필요성
이동하며 배우는 교과교실제
특색있는 학교만들기
열정과 도전의 현장

더불어 살아가는 교육공동체 · 183
교사들의 연구회 활동
평생교육과 손을 잡다
문화사랑방으로 변신
함께 배우는 가족학교
탁상행정에서 현장행정으로

진학난을 해결하라 · 195
농산어촌 학교에 희망심기
맞춤형 진로교육
학급당 정원의 딜레마
고교 방과후 맞춤형 프로그램

제4부 교육이 전북의 희망이다
소통과 협력의 교육공동체 · 208
높아진 전북교육 브랜드 가치 · 215
소식지 '푸른 전북교육' 발간 · 218
여성 우대의 인사정책 · 221
교육감과 대화하는 날 · 223
과학교육의 메카 전북과학교육원 · 227
생동하는 학교, 신뢰받는 교육 · 233
김제시와 부안군에 교육문화회관 신축 · 239
유아교육진흥원 설립 추진 · 243
전문계 고등학교 특성화 · 245
학교 체육 활성화 · 248
과학교육의 내실화 · 251
연이은 최우수 교육청 표창 · 254
효자동 신청사 시대의 개막 · 258

부록 최규호 교육감 6년을 되돌아 보다 · 263

제1부

전북교육의
활로를 찾다

고독한 결정 '불출마 선언'

• • •

"존경하고 사랑하는 도민과 교육가족 여러분!
그동안 부족한 저에게 많은 사랑을 보내주신 데 대해 진심으로
감사의 말씀을 드립니다. 저 나름대로 지난 6년여 동안 교육감으
로 재직하면서 전북교육 발전을 위해 정말로 앞만 보고 열심히
달렸고 실제로 많은 일을 했다고 생각합니다. 이렇게 많은 일을
할 수 있었던 것은 바로 200만 도민과 2만 5,000여 교육가족 여러
분들께서 저에 대해 믿음과 사랑을 주셨기 때문이라고 생각합니다."

설날을 앞둔 2010년 2월 11일 기자회견을 자청했다. 6월 2일로
예정되어 있던 교육감 선거에 불출마하겠다고 공식 선언을 하기 위
해서였다. 내가 현역 교육감으로서 프리미엄을 가지고 출마할 경
우 당선이 유력한 후보임에도 불출마를 결심한 것은 기자회견에서
밝혔던 것처럼 전북교육의 미래를 위해 새롭고 참신한 인물에게 길
을 터주기 위해서였다.

"인생은 쉼표가 없는 악보와 같다는 말이 있습니다. 인생은 쉼표가 없는 악보이기 때문에 쉼표를 찍을 사람은 바로 자기 자신뿐이라는 것을 깨닫고 이제 그 쉼표를 찍고자 합니다. 저는 교육위원으로 10년 그리고 교육감으로 6년 재임하는 동안 도민과 교육가족으로부터 정말 분에 넘칠 만큼 많은 사랑을 받아왔습니다. 박수받고 사랑받을 때 그만두라는 말이 있습니다. 더 할 수 있을 때 그만둘 줄 아는 용기가 있어야 사랑받는다는 것을 잘 알기에, 이제 저는 6월 2일 교육감 선거에 출마하지 않으렵니다. 솔직히 말씀드리면 주위에서 '충분히 당선이 가능한데 왜 출마를 하지 않느냐. 한 번 더 하라' 는 강력한 권유도 많이 했습니다."

불출마 결심을 앞두고 수많은 밤을 잠을 설치며 고심했던 것도 사실이었다. 지난 6년 동안 쌓아온 업적과 현역 프리미엄을 생각한다면 또 다시 출마해도 충분히 당선될 수 있다는 자신감도 있었다. 그러나 나아갈 때와 물러갈 때를 알아야 한다는 선인들의 가르침을 따르기로 했다. 더 할 수 있을 때 그만둘 줄 아는 용기가 있어야 사랑받는다는 것을 잘 알면서도 출마하는 것은 욕심이라 생각되었다. 정말이지 박수받고 사랑받을 때 그만두고 싶었다. 내가 아니어도 된다는 생각에 이르자 결론은 쉽게 내려졌다.

교육감 선거에 불출마할 것을 결심하고 2010년 2월 11일 기자회견을 열어 이를 공식 선언했다.

"그러나 저는 이제 마음의 평화를 찾아 인생의 또 다른 여정을 위해 떠나고자 결심했습니다. 수많은 시간, 밤잠을 설치면서 나아갈 때와 물러갈 때를 놓고 고민을 거듭한 끝에 내린 결론입니다. '내가 아니면 안 된다'는 생각을 버려야 전북교육이 발전한다고 생각합니다. 전북교육의 미래를 위해 이제 새롭고 참신한 인물이 새로운 생각으로 뜻을 펼칠 수 있도록 길을 터주는 것이 옳다고 생각했기에 출마하지 않기로 결정했습니다. 이러한 저의 결심을 이해해 주시고 변함없는 사랑을 보내주시기 바랍니다.

다시 한 번 그동안 부족한 저에게 많은 사랑을 보내주신 도민과 교육가족 여러분께 진심으로 감사의 말씀을 드립니다. 남은 임기 잘 마무리할 수 있도록 최선을 다하겠습니다. 도민과 교육가족 여러분! 정말로 고맙습니다."

돌아보면 쉼 없이 달려온 삶이었다. 30여 년 동안 대학교수로, 10여 년 동안 교육위원으로 그리고 6년 동안 교육감으로 재직하면서 전북교육 발전을 위해 앞만 보고 열심히 일해 왔다. 그리고 나름대로 많은 업적도 쌓았다고 생각한다.

전국 최초로 무상급식을 실시했고, 정부의 정책과는 달리 소규모학교 통폐합 반대 소신을 지키면서 농산어촌의 작은 학교들을 살리기 위해 안간힘을 썼다. 어려운 교육재정을 확보하기 위해 동분서주하여 지방자치단체들로부터 4,746억 원에 이르는 교육비 지원을 이끌어 내기도 했다. 전북교육청의 숙원사업인 신청사도 완공해 이전을 마무리했다. 물론 이러한 업적들은 200만 전북 도민과 2만 5,000여 교육가족의 믿음과 사랑이 바탕이 되었기에 이룰 수 있는 성과였다.

쉼표를 찍으려는 결심과 번민의 시간이 흐르는 동안, 항간에는 외압설을 비롯한 소문들도 없지 않았다. 그러나 외압설과 소문 따위는 전혀 사실무근이다. 불출마 결심은 오로지 쉼표가 필요했던 시기에 순수하게 내린 외로운 결정이었다.

마음을 비우고 나니 법정 스님이 남긴 "아름다운 마무리는 삶에 대해 감사하는 것이며 처음의 마음으로 돌아가는 것이며 끝이 아니라 새로운 시작이다"라는 말씀이 더욱 가슴에 와 닿는다.

이제 나의 앞에는 새로운 인생이 시작될 것이다. 여전히 나는 성실하고 보람되게 살 것이며, 전북교육을 위해서라면 어떤 작은 힘이라도 보탤 것이다.

치열했던 선거 그리고 역전승

● ● ●

2004년 7월 19일, 제14대 전라북도 교육감 선거가 치러졌다. 교육의 중요성을 반영이라도 하듯 교육감 선거는 뜨거운 관심과 열기를 보였다. 7,281명의 학교운영위원들에 의해 간접투표 방식으로 치러진 교육감 선거에는 6,907명이 참여해 94.9%라는 높은 투표율을 나타냈다.

개표 결과는 세 명의 후보가 불과 100~200표 차이를 보일 만큼 호각지세였다. 아무도 당선에 필요한 과반수 득표를 하지 못했기 때문에 결선투표를 통해 당선자를 가려야 했다. 결선투표는 이틀 후로 예정되어 있었다.

나는 30여 년 동안 대학교수로 재직하면서 연구와 후진 양성에 매진하다가, 초·중등 교육에 관심을 갖고 교육위원에 출마해 전주에서 내리 3선을 역임했다. 나름대로 전북교육 발전을 위해 노력했다고 자부했지만 선거 결과는 아쉬웠다. 그러나 어쩔 수 없었다.

다시 48시간이 주어졌다. 선거법은 후보들이 개별적으로 어떠한

득표활동도 할 수 없도록 되어 있었다. 단지 언론을 통해 차별화한 교육정책을 발표하는 것으로 만족해야 했다. 나는 '신나는 교단, 창조적 교육, 감동의 학교'를 캐치프레이즈로 내세우고 학생·학부모·교사와 학교·지역주민이 함께하는 '푸른 학교 바른 교육'을 만들겠다고 강조했다.

세부적으로는 교육감의 권한을 대폭 위임해 단위학교 자율경영을 적극 지원하고, 무상급식 등 농산어촌교육 활성화를 위해 노력하며, 원어민교사 증원 등 실전 외국어교육 강화, 통일교육, 교원의 사기 진작 방안 등을 역설했다. 특히 중앙정부와 정치권의 두터운 인맥을 활용해 교육예산 확보에 최선을 다하겠다고 약속했다.

언론에서는 교수 출신인 내가 초·중등 교육자 출신인 상대 후보에 비해 열세를 보일 것으로 전망했다. 그러나 나의 판단은 달랐다. 선거기간 만나온 학교운영위원들 대부분이 초·중등 교육의 변화와 혁신을 바라고 있음을 피부로 느낄 수 있었기 때문이다. 초·중등 교육의 변화를 바라는 열망이 뜨겁다는 것은 결선투표에서 나에게 유리하게 작용될 것이 분명했다. 48시간이 숨 막히게 흘러갔고, 7월 21일 결전의 날이 다가왔다.

2차 투표에 참여한 학교운영위원은 6,530명으로 89.7%의 투표율을 나타냈다. 1차 투표에 비해 5.2%가 떨어졌다. 뚜껑을 열어본 결과 나의 예상이 적중했다. 1차 투표에서 2위였던 나는 2차 투표에서 유효표의 53.4%인 3,483표를 얻어 역전승을 거둔 것이다.

제14대 전라북도교육감으로 당선되어 전라북도선관위로부터 당선증을 받고 있다.(왼쪽) 제14대 교육감 취임식 장면.

　개표가 끝나고 저녁 8시 전라북도 선거관리위원회로부터 당선증을 교부받고 나왔다. 기자들이 몰려와 당선소감을 물었다. 나는 담담하게 말했다.

　"개인적으로 무한한 영광이지만, 전북교육의 미래를 책임져야 한다는 점에서 막중한 사명감을 느낍니다. 농사를 짓는 농부의 마음으로 자율과 질서, 대화와 협력의 교육행정을 펼쳐 전북교육의 위상을 한 단계 올려놓겠습니다."

선거공약에 담긴 비전과 미션

● ● ●

당선의 기쁨도 잠시였다. 선거기간 쌓인 피로를 풀 수 있는 시간은 많지 않았다. 교육감에 취임하기까지 남은 1개월은 4년 동안 시행해야 할 전북교육의 주요 정책들을 수립하기에 너무도 짧은 시간이었다.

선거 때 슬로건으로 삼았던 '푸른 학교 바른 교육'을 지표로 새로운 교육정책을 펼쳐나갈 교육감직인수위원회를 구성했다. 인수위원장에는 초등은 물론 중등교육에 30여 년 동안 몸담아 오면서 선후배들로부터 사랑과 존경을 한 몸에 받고 있는 박규선 정읍교육장을 선임했다.

인수위원들이 모인 자리에서 나는 당선자로서 펼쳐나가고 싶은 교육철학과 함께 선거기간에 내세웠던 공약들을 자세히 피력했다. 그리고 4년의 임기 동안 전북교육을 한 단계 업그레이드시킬 수 있는 훌륭한 교육정책들을 마련해주기를 당부했다.

"저는 지난 30여 년 동안 일선 교육현장에서의 생생한 경험과 교육위원 및 교육위원회 부의장·의장 등의 경력을 쌓아오면서, 항상 우리 교육의 문제점을 파악하고 대책마련을 위해 연구하고 실천하는 노력을 기울여왔습니다. 이제 교육전문가로서 '학생에게는 꿈과 희망을, 교원에게는 긍지와 보람을, 학부모에게는 신뢰와 기대'를 줄 수 있도록 농사짓는 농부의 마음으로 교육에 임하겠다는 각오로 교육감 직책을 수행해 나갈 생각입니다.

교육자치가 실행되고 있다고는 하지만 이 직도 풀어야 할 과제가 산적해 있습니다. 지금까지의 교육행정은 보여주기 위한 행정, 군림하는 행정이었습니다. 이제는 '찾아가는 행정, 대화하는 행정, 지원하는 행정'으로 바뀌어야 합니다. 권위주의적인 행정과 규제지향적이거나 중앙집권적 요소들로부터 탈피해야 합니다. 지역주민의 교육적 요구와 희망을 담아내고 자율적이고 창조적인 교육이 이루어질 수 있는 '참된 민주학교와 민주교육기관'을 만드는 주역이 되도록 합리적인 교육정책들을 만들어 주십시오. 저는 미래지향적인 경쟁력과 창의력이 요구되는 현 시점에서 무너진 교권을 확립하고 전북교육을 새로운 틀로 바꿔놓고 싶습니다. 이를 위해 공교육의 내실화, 농산어촌 소규모학교 활성화, 교원의 사기 진작 및 투명하고 공정한 인사, 특기적성 교육 활성화 등 수많은 현안 문제들에 대한 해법을 마련해주시기 부탁드립니다. 저는 중앙정부와 학계 등 끈끈한 인연과 탄탄한 인맥을 통해 현안 문제를 해결할 수 있는 예산을 확보해 전북교육 발전에 기여할 각오가 되어 있습니다. '신나는 교단, 감동의 교육'은 눈높이에 있다고 생각합니다. '아이들의 눈으로, 교사의 자세로, 어버이의 마음'으로 교육을 바라봅시다."

박규선 위원장을 비롯한 교육감직 인수위원들은 선거공약들을 면밀히 검토하는 한편, 평소 교육현장에서 느껴왔던 전북교육의 현안 문제와 숙원사업들을 반영해서 제14대 전라북도교육감으로서 내가 펼쳐나가야 할 정책들을 꼼꼼하게 정리했다.

밤낮을 잊은 인수위원회 활동을 통해 제14대 교육감의 비전vision과 미션mission이 정해졌다. 비전은 선거운동 슬로건이었던 '푸른 학교 바른 교육'으로 정했고, 미션은 '더불어 살아가는 창의적 인간육성'으로 확정했다.

'푸른 학교'는 홍익인간이라는 교육목적 달성을 위해 필요한 쾌적하고 건강한 제반 교육 시스템의 조성을 포함한 교육활동을 돕는 행정적 재정적 지원을 의미했다. 또한 '바른 교육'은 인성교육과 창의성교육을 바탕으로 지역사회와 국가의 경쟁력을 높이고 학생들의 자아실현을 돕는 최적의 교육프로그램을 구현하는 것을 뜻했다.

'더불어 살아가는 창의적 인간육성'이라는 미션은 아무리 가치 있는 성취라도 바른 인성을 토대로 삼아야 한다는 교육철학을 반영했다. 더불어 살아가는 공동체 정신의 함양은 바른 인성이 바탕이 되어야 하고, 창의적 인간은 가치를 새롭게 창조하여 행복한 인간 생활에 활용하는 슬기로운 인간을 의미했다.

이는 전라북도교육청과 교육가족이 힘을 합해서 '꿈과 사랑이 넘치는 행복한 학교'를 조성하여 바른 인성교육과 창의성교육을 바탕으로 미래사회를 주도해 나갈 인재를 육성하는 일에 최선을 다 하자는 제안이기도 했다.

전북교육의 과제를 안고 취임

● ● ●

　2004년 8월 18일 취임식과 함께 교육감으로서의 직무가 시작되었다. 취임식에는 내외 귀빈들이 몰려들었다. 정세균, 장영달, 이경숙 국회의원을 비롯, 한계수 전라북도 정무부지사, 정길진 전라북도의회 의장, 두재균 전북대 총장, 정갑원 원광대 총장, 김영석 우석대 총장, 임해정 군산대 총장, 김환철 전라북도교육위원회 의장 대행과 학부모, 교직원 등 300여 명이 참석했다. 나는 취임사를 통해서 180만 전북도민들에게 교육감으로서의 각오를 밝히고 협조를 부탁드렸다.

　"영광과 기쁨에 앞서 전북교육 발전에 대한 책임감으로 어깨가 무겁습니다. '더불어 살아가는 창의적 인간육성' 이라는 교육지표 달성을 위해 4년 동안 혼신의 노력을 다하겠습니다. 교육은 미래를 위한 투자이고, 우리의 미래는 학교에 있습니다. 창의적 능력을 지닌 인간육성, 농산어촌교육 활성화, 단위학교 자율경영을 비롯한 3개 영역 24개 주요사업을 통해 전북교육의 변화와 개혁을 약속드립니다.

교육감의 권한을 대폭 이양해서 교육청이 교육지원센터로서의 기능을 맡아 일선 학교 중심의 현장지원 행정을 펼치겠습니다.

교육청의 문턱을 낮추고 찾아가는 행정, 지원하는 행정, 대화하는 행정을 통해 학생중심의 교육을 실시하겠습니다.

산적해 있는 전북교육 현안 문제를 해결하기 위해서 교육가족과 도민여러분의 협조와 조언을 부탁드립니다. '푸른 학교 바른 교육'을 비전으로 삼고, 전북교육의 새로운 지평을 열기 위해 교육감으로서 모든 것을 바칠 것을 엄숙히 다짐합니다."

교육감에 취임하기 전 이미 대학교수로 30여 년 교육계에 몸담았고, 전라북도 교육위원회 위원을 세 차례나 역임했지만, 전북교육이 안고 있는 과제와 현안들은 상상을 초월했다. 정책을 관찰했던 입장과 정책을 주도해야만 하는 입장은 예상보다 훨씬 더 괴리가 심했다.

가장 중요한 과제로 떠오른 것은 두 가지였다. 하나는 공교육 정상화였고, 다른 하나는 농산어촌교육 활성화였다. 첫 번째 현안인 공교육 정상화는 전라북도만의 문제가 아니라 대한민국 전체가 겪고 있는 문제였다. 우리나라 공교육은 위기를 넘어 총체적 난국으로 빠져들고 있어 해법 마련이 시급한 상황이었다. 학교교육을 하

2008년 8월 18일 제15대 교육감 취임식을 끝내고 교육청 간부들과 기념촬영을 하고 있다.

루빨리 정상화시켜 나가는 것이 급선무였다.

학교 공부만 가지고 모든 것이 해결되도록 해달라는 학부모들의 요청은 추상과 같았다. 허리띠를 졸라매며 자녀들의 사교육비를 마련하고 있는 학부형들의 고통을 해결해 주지 않고서는 공교육의 정상화는 기대할 수 없다는 것이 대한민국 국민의 공통의견이었다.

두 번째 현안인 농산어촌교육 활성화도 심각한 과제였다. 도시와 농산어촌 간의 학력격차가 갈수록 심해지자 너나 할 것 없이 도시학교로 전학하거나 진학하는 현상이 나타났다. 자꾸만 작아져가는 농산어촌학교를 살릴 수 있는 해법마련이 시급했다. 또한 농산어촌학교의 경우 시설투자가 제대로 이뤄지지 않아 많은 학생들이

2008년 7월 23일, 제15대 교육감 선거에서 승리한 뒤 가족 및 지지자들과 함께 환호하고 있다. (왼쪽)
당선 확정 뒤 손녀를 안고 환하게 웃고 있다.

불편을 겪고 있었으므로 이를 해결할 수 있는 재정확보도 중요한 숙제였다.

이러한 문제들은 주먹구구식으로 해법을 마련할 수 없는 과제였다. 4년 동안의 임기를 수행하면서 차근차근 펼쳐나갈 전북교육의 로드맵road map이 필요했다.

다행히 교육감직인수위원회가 열심히 노력한 덕분에 상당히 구체적이면서 체계적인 전북교육 로드맵이 마련되었다. 또한 교육감 선거에 나서기 전에 출간했던 저서인 '푸른 학교 바른 교육'에도 내가 꿈꾸는 전북교육, 180만 전북도민이 희망하는 전북교육의 미래가 담겨있었다.

제2부

더불어 살아가는
창의적
인간육성

가슴이 따뜻한 사람을 만들자

• • •

푸른 학교 바른 교육

교육 경쟁력이 국가경쟁력의 중요한 요소라는 것은 분명하다. 지식정보화 사회에서는 지식과 창의성이 부가가치의 원동력이 된다. 따라서 교육정책은 지식과 창의성의 주체인 인재에 초점을 맞추어 수립되어야 한다. 실력 있는 인재를 육성하여 교육 경쟁력을 강화해야 한다.

그동안 전북교육청은 공교육의 경쟁력을 높이기 위해서 노력해 왔지만, 학부모들은 공교육에 대한 우려의 목소리를 높여왔던 것이 사실이다. 학교와 교사 중심으로 운영되는 교육에 대해 교육공동체의 구성원 중 하나인 학부모들은 신뢰를 보내지 않았다. 나는 학부모들의 신뢰를 얻지 못하고는 제대로 된 교육을 하기가 어렵다고 생각했다. 학부모들을 교육의 협력자로 끌어들이고, 학부모들에게 공교육의 역할과 책임을 이해시키는 과제가 도출되었다.

학부모들로부터 신뢰를 회복하기 위해 무엇보다 중요한 것은 교육경쟁력 강화와 공교육 내실화였다. 교육경쟁력 강화와 공교육 내실화를 가늠하는 가장 중요한 척도는 누가 뭐라고 해도 학력신장 일 것이다. 학력은 교육을 통해서 학생들이 얻게 되는 지식, 기능, 태도, 가치관 등을 포괄하는 능력과 성향을 말한다. 또한 학력은 개인 삶의 현재와 미래를 결정하며, 정신적 성숙을 촉진하는 역할을 한다. 그리고 학력은 글로벌시대 인재의 필요조건이며, 정보화시대에의 적응력과 창의력을 향상시키는 데 필요하다.

그렇다면 이떻게 학력을 신장시킬 것인가? 전북교육청에서는 학력신장을 위한 계획으로 '해피스쿨 프로젝트Happy School, Well-Education Project'를 내세웠다. 학생들에게 행복하고 좋은 교육을 제공하기 위해 먼저 학력신장 인프라를 구축하고, 기본학습력을 제고하며, 수월성 교육을 충실하게 이행하는 데 주안점을 뒀다.

먼저 학력신장 인프라 구축을 위해 노력했다. 경제활동의 기반을 형성하는 기초시설인 인프라가 부족하면 지속적인 경제성장을 기대하기 어렵다. 마찬가지로 학력신장을 위해서는 그에 필요한 인프라 구축이 선행되어야 한다. 학력은 아무리 교육청이 외쳐도 결국 학교 안에서 이루어진다. 따라서 교육청은 학교가 교육을 잘 하도록 지원하고 감독하는 일을 해야 한다.

그렇다고 강압적으로 밀어붙이면 될 일도 안 된다. 학교교육이 잘 이루어지도록 조장하는 일은 결코 쉽지 않다. 그래서 전북교육청이 먼저 벌인 것이 바로 '학교장의 학력신장 책임경영제'였다.

2009년 3월 6일 초·중·고등학교장과 방과후학교 담당자들의 역량 강화를 위해 열린 방과후학교 운영 계획 설명회.

학교장이 소신껏 학력신장을 위해 노력하면 그에 상응하는 예산이나 인사상의 인센티브를 제공하는 것이다.

두 번째는 열심히 연구하고 가르치는 교사들을 적극 지원하는 일이었다. 그래서 시작한 것이 전공교과 관련 직무연수의 강화였다. 이와 더불어 학력중심의 장학지도와 학교평가를 실시하고, 학력신장 우수학교와 교원을 발굴하여 표창해왔다.

또한 기본학습력을 높이기 위해서도 열과 성을 다했다. 건물을 짓는 데 가장 중요한 것이 기초이다. 기초가 부실하면 튼튼한 건물을 지을 수 없다. 같은 이유로 학력을 신장시키는 데 반드시 필요한 조건이 기본학습능력을 높이는 일이다. 기본학습능력은 그동안 모자란 학습을 보충해야 한다. 그렇지 않으면 수업을 하면 할수록 기준 학력과의 격차가 더 벌어지기 때문이다.

전북교육청은 기초학력 신장을 위해서 '방과후학교'를 적극 활용했고, 다양한 프로그램들을 운영했다. 특히 기초학력이 부진한 학생들을 위해서는 교과 관련 방학후학교 프로그램을 설강해 운영했다. 6년 동안의 노력이 결실을 거두어 2009년 말 현재 전라북도에는 기초학력부진 학생이 0.4% 이내로 줄어들었다. 앞으로 전북교육청은 기초학력부진 학생을 0.3% 이내로 줄여나갈 계획이다.

또한 농산어촌 학교들의 방과후학교가 정상적으로 운영될 수 있도록 '강사 풀(full)제'를 실시해 459개 학교에서 무려 3,270개 학급의 교육 프로그램이 개설될 수 있도록 했다. 학생들이 원하는 프로그램은 거의 대부분 개설되어 있다고 해도 과언이 아닌 셈이다.

영재교육과 수월성교육도 충실하게 실시해왔다. 세계 여러 나라들은 국가경쟁력 확보뿐 아니라 개인 발전을 위해서 창의적 인재를 육성하기 위해 노력하고 있다. 창의적 인재 육성을 위한 방법으로는 수월성교육이 강조되고 있다. 학생들의 다양한 수준과 능력에 맞고 잠재성을 발휘할 수 있는 수월성교육의 필요성이 대두된 것이다.

전북교육청 역시 수월성교육에 역점을 두었다. 맞춤형 논술교육 기회를 확대하고 글로벌 인재양성을 위한 영어교육을 강화해 온 것도 수월성교육의 일환이었다. 또한 특성에 맞는 실업교육으로 직업 경쟁력은 물론 산업 경쟁력까지 갖춘 현장인력을 양성해 왔다.

학력은 곧 경쟁력이다. 학력이 높은 고급인재들이 각 분야에 골고루 퍼져 희망찬 미래를 만들어 나가기 때문이다. 학력신장을 위한 교육인프라를 구축하고, 학생들의 기본학습능력을 높이면서 아울러 수월성교육을 충실히 펼쳐온 결과, 전북 학생들의 학력은 조금씩 향상되었다.

전북교육청이 학력신장을 위한 노력을 기울인 덕분에 학생과 학부모들은 어느 정도 만족감을 나타내기 시작했다. 행복한 학교, 질 높은 교육을 추구하는 교육정책의 시행으로 공교육에 대한 신뢰도가 조금씩 나아지게 된 것이다. 미래 국가의 발전을 이끌어갈 인재를 양성하는 데 매우 고무적인 성과라 하지 않을 수 없다.

교육의 본질은 교육관에 따라 여러 가지로 해석되고 있다. 예를 들어 스위스의 교육사상가 페스탈로치Johann Heinrich Pestalozzi는 "교육이란 발전을 애타게 기다리는 피교육자의 본성에 도움을 주는 기술"이라고 정의했다. 반면에 독일의 교육학자 빌만Otto-Willmann은 "교육이란 정신적 재산을 다음 세대에 전달하는 것"이라고 주장하였다. 교육의 사전적 의미는 '지식과 기술 등을 가르치며 인격을 길러 주는 일'이다.

여러 가지 정의들을 종합하면 "교육이란 전인적인 인간을 육성하는 것"이라고 할 수 있다. 학력을 신장하는 노력도 교육의 본질을 바탕으로 추구해야 한다. 국가경쟁력을 강화하고 공교육의 내실화를 위하여 학력신장은 꼭 필요하다. 그러나 그것이 교육의 본질보다 앞서서는 안 된다. 학력신장을 위한 여러 가지 교육정책들은 교육의 본질을 생각하며 실행해야 한다.

그런 의미에서 전북교육청은 '푸른 학교 바른 교육Happy School, Well-Education'을 지표로 삼고 교육의 본질에 충실해 왔다고 자부한다. 학력신장뿐만 아니라 바른 심성을 갖추고 바람직한 가치관으로 세상을 바라보도록 인성교육도 충실하게 시켜왔기 때문이다. 전북교육청이 추구해왔던 인성교육과 학력신장 방안들이 조화롭게 실천되어 바른 인성을 갖춘 실력 있는 인재들이 앞으로도 많이 길러지기를 기대한다. 바른 인성을 갖춘 실력 있는 인재야말로 지역과 국가 발전의 원동력이기 때문이다.

파레토의 법칙

경제학 용어 중에 이른바 '파레토Pareto의 법칙'이라는 게 있다. 이탈리아의 경제학자이자 사회학자인 빌프레도 파레토Vilfredo Pareto가 발견한 지배 관계의 법칙이다. 쉽게 정리하자면 상위 20%가 하위 80%를 지배하고 있다는 것이다. 다시 말해 "20%의 인구가 80%의 돈을 가지고 있고, 20%의 고객이 80%의 매출을 올려준다"는 것이다. 이 법칙으로 볼 때 유능한 인재를 길러내는 것이 얼마나 중요한 일인지 분명하게 드러난다.

2004년 제14대 교육감에 당선되고, '인성이 바른 인재양성'과 '창의적 실력을 갖춘 인재양성'이라는 두 마리 토끼를 잡기 위해 노력해 왔다. 그 첫째 덕목은 인성이었다. 인성이 바른 인재가 인류를 구하기 마련이다.

인류 발전의 가장 큰 원동력은 교육이다. 체계적인 교육이 시작되면서 인류는 역동적으로 변하기 시작했다. 지금 우리가 누리는 문명의 혜택은 이미 과거의 교육을 통해 얻어진 달콤한 열매인 것이다. 그러니까 교육은 개인과 국가 발전의 원동력이라는 말에 이의를 달 수 없다. 교육의 힘이 위력적인 만큼 학생 하나하나에게 철학이 있어야 한다. 철학적 사유 속에 주체의 가치가 형성되고, 그 가치로 목표가 정해지며, 그 목표가 곧 행동을 유도하기 때문이다.

자신의 목표가 분명하다면 공부를 하거나 어떤 일을 할 때 훨씬 능률이 높다. 따라서 청소년기에 외우고, 풀고, 반복하는 것보다 중요한 것은 자기정체성을 확립해서 인생의 목표를 세우는 것이다.

전북교육청은 '더불어 살아가는 창의적인 인간육성'을 교육지표로 세우고 보다 즐겁고 감동적인 학교, 사랑이 넘치는 교육을 위해 노력해 왔다. 바른 인성은 앞서 이야기한 것처럼 철학적 사유에서 출발한다. 자신의 존재가 확립되지 않으면 자칫 꿈은 신기루가 되기 쉽다. 자신의 주관이 뚜렷하면서도 남을 인정할 줄 아는 현명한 인재를 길러내야 한다. 전북교육청이 '5제로Zero운동'을 펼쳐온 것은 그런 이유에서이다.

보다 즐겁고 감동적인 학교, 사랑이 넘치는 교육을 위해 노력해 왔다.

　　5제로운동은 폭력과 집단따돌림, 흡연, 게임중독, 비만이 없는 행복하고 활기찬 학교를 만들자는 것이 핵심이다. 이를 위해 학교폭력을 매년 5%씩 줄이고, 흡연 제로를 위해 40개의 금연중심학교를 운영했으며, 금연프로그램을 769개교에 적용시켜 획기적인 변화를 가져온 바 있다. 학생들의 변화만을 기대하면서 학교폭력이 예방되기를 바랄 수는 없다. 전북교육청은 교육공동체 모두가 학교폭력의 심각성을 인식하고 예방해나갈 수 있도록 교사와 학생은 물론 학부모들을 대상으로 지속적인 순회교육을 실시해 왔다.

　　뿐만 아니라 올바른 길로 이끄는 노력이 필요한 '요선도 학생'을 입체적으로 관리하는 지역교육청 차원의 위센터Wee Center와 학교 단위의 위클래스Wee Class를 운영해 체계적으로 문제를 해결해 왔다. 지금까지 위센터는 전주, 익산, 군산 등 6개 지역교육청에 구축돼 있고, 위클래스는 45개 학교에서 운영되고 있다. 위센터와 위클래스는 앞으로 계속 늘려나갈 계획이다. 또한 왕따 제로를 위해서 '왕따 예방 및 학교폭력 길거리 상담'을 중점적인 과업으로 추진해 왔다.

한편 IT시대를 맞아 학생들의 게임중독이 심각한 상태에 이르고 있다. 게임중독은 자신이 중독돼 있다는 사실을 잘 모르기 때문에 나중에 문제가 더 커질 수 있다. 전북교육청은 연 2회 인터넷 자가진단프로그램인 'G척도검사'와 '위험자군 예방교육'을 실시해 왔다. 또한 20개 학교를 게임중독 예방교육 선도학교로 지정해서 운영하고, 긍정적인 성과들을 일반화해서 다른 학교들에 보급해 왔다. 게임중독이라는 음지에서 심신이 건강한 양지로 끌어내고자 하는 노력은 앞으로도 계속될 것이다.

그리고 비만을 없애기 위해서는 교육과정에 건강캠프를 운영토록 했다. 또한 전라북도 모든 학교의 매점과 자판기에서 탄산음료와 패스트푸드, 고열량식품 등의 판매를 금지시켰다. 그리고 급식에 있어서는 균형 잡힌 식단을 구성토록 했고, 일선 학교에 557대의 체성분분석기를 보급해 학생들의 비만을 사전에 예방할 수 있는 환경을 구축했다. 특히 5개 학교를 비만예방 중심학교로 운영, 보건소와 전북대학교병원 비만연구센터가 함께 체계적인 비만관리

전북대학교·전북교육청 비만관리사업 협력 협약식
• 일시: 2009년 1월 16일 (금요일) • 주관: 전□□□□설 비만연구센터

비만 없는 활기찬 학교를 만들기 위한 전북대학교와의 비만관리사업 협력 협약.

를 해왔다. 교직원과 학부모 1,200명에게는 비만이 가져오는 문제
점을 이해시키기 위한 교육도 실시한 바 있다.

　인성교육이 한 축이라면 그 반대편에 학생들의 창의적인 실력이
있어야 한다. 그래야 두 개의 날개를 활용해서 미래를 향해 비행할
수 있기 때문이다. 전북교육청은 2007년을 '학력신장 원년의 해'
로 선포하고 실력 있는 학생을 기르기 위한 여러 가지 정책들을 마
련했다. 학력신장 전담기구를 설치하고 진학지도 컨설팅을 시행하
기 시작했다.

　또한 영재교육의 영역을 넓히고 수월성교육에도 역점을 두었다.
특히 수월성교육은 재능을 가진 우수한 인재를 키우기 위한 것으로

영재교육과 함께 미래인재 키우기의 핵심 사업이기도 했다. 이런 노력들은 앞서 이야기한 파레토의 법칙과 연관된다. 모두가 함께 하는 평등사회 지향은 인류의 영원한 꿈인지도 모른다. 세계화의 물결이 도도한 현실은 경쟁이 엄존하여 전쟁터를 방불케 한다. 그러니까 상위 20%의 주도층에 속할 유능한 인재를 누가 더 많이 길러내느냐 하는 것도 중요하다. 그렇다고 20%가 지배자로 군림해서는 안 된다고 본다. 그들이 주도하여 파이pie를 키우되 모두가 더불어 사는 사회로 나가야 한다는 것이다.

그것이 바로 공동체 의식이다. 사실 서구의 사고가 지배하기 전까지 우리 민족은 공동체적 삶을 유지해왔다. 두레와 같은 조직이 그 예이다. 많이 갖는다고 반드시 행복한 것은 아니기 때문이다.

세답족백(洗踏足白)이란 말이 있다. '남의 빨래를 했더니 자기 발이 희어졌다.'는 것이다. 쉽게 말하자면 남을 위해 한 일이지만 자신에게도 이익이 된다는 뜻이다. 우리가 소유의 개념으로 남의 것을 빼앗으려하면 제로섬Zero-sum게임이 된다. 결국 사회적으로 보면 이득은 없고 반목과 갈등만 양산하는 셈이다.

전북교육청은 사랑하는 학생들이 세답족백의 자세로 보다 넓은 '존재의 광장'으로 나가는 법을 가르치기 위해 노력해 왔다. 모두가 더불어 살아가는 가치를 추구했으면 하는 것이다. 그것이 진정한 의미의 행복을 찾는 길이다. 세계는 점점 무한경쟁으로 치닫고 있다. 이 경쟁에서 뒤쳐지면 살아남기 힘들어진다. 그러기에 파레

2006년 1월 12일 열린 전라북도교육청과 전라북도의 영재육성 협력 협약식.

토의 법칙을 받아들이고 대비해야 한다.

　현실이 이렇듯 엄정하기에 우리는 더 하나가 돼야 한다. 서로를 받아들이고 배려하는 힘이 필요한 것이다. 진정한 민주사회는 바로 시민사회이다. 시민이 주인인 사회에서는 자기만을 고집하지 않는다. 시민사회에서는 많이 가진 자가 남을 위해 내놓을 줄도 안다. 시민사회에는 협동과 봉사의 정신이 깔려있기 때문이다.

　21세기에 있어서 파레토의 법칙은 현실이다. 그러나 경쟁은 선의로 이루어져야 한다. 지배자이기보다는 사회를 이끌어가는 상위 20%가 되어야 능력을 발휘할 수 있고, 존경받을 수 있다. 실력은 그런 자세까지를 포함하는 것이다. 그래서 실력 있고 가슴이 따뜻한 인재를 길러내기 위해 노력해온 것이다.

더불어 살아가는 창의적 인간 육성
축 전라북도교육감추천 전주교육대학교 입학생 장학증서 수여식 축
2008.3.26(수).15:00   전라북도교육청

전북교육감의 추천으로 전주교육대학교에 입학한 학생들에게 장학증서를 수여했다.

공동체가 함께하는 감동의 교육

지식정보화 사회로 접어들면서 평생교육이 중요한 이슈로 떠올랐다. 오늘 알고 있는 지식은 내일이면 변할 수 있기 때문이다. 이런 추세 때문에 학교는 학생들의 교육만을 담당하던 기관에서 지역사회 평생교육의 중심으로, 그리고 문화의 축으로 그 영역을 확장시켜 나가고 있다. 그러나 아직도 여전히 학부모와 지역사회에서 학교가 교사와 학생만의 공간이라는 전통적 이미지를 벗어나지 못하고 있다. 그러다보니 학부모의 학창시절 경험을 바탕으로 학교를 예단하거나, 제한적이고 부분적인 참여로 학교와 교육을 판단하고 평가하는 경향이 있다. 학교와 학부모의 의사소통 부재는 공교육을 불신하는 원인이 된다.

'공동체'의 사전적 의미는 '생활이나 운명을 같이하는 조직체'이다. 한 가정의 식구처럼 함께 생활하면서 구성원 간에 서로 책임을 공유하는 집단을 말하는 것이다. 교육공동체는 학교의 교직원과 학생, 학부모와 지역사회를 통틀어서 이르는 말이다. 오늘날의 학교는 더 이상 지역사회와 단절된 채 존재할 수 없다. 교육공동체가 힘을 합해야만 교육이 더 효율적으로 이루어질 수 있는 것이다.

교육을 위해 교사와 학부모, 그리고 지역사회가 모두 하나가 되어 아름다운 화음을 내게 될 때, 우리의 미래는 더욱 밝게 피어날 것이다. 따라서 교육의 수요자인 학생과 학부모가 만족하는 학교를 위해서는 학부모들의 참여 기회를 확대시켜 나가야 한다. 또 그렇게 되기 위해서는 교육 주체와 수요자 간의 신뢰도를 높이고, 모두를 만족시키기 위한 교육 인프라 구축이 절실히 필요하다.

최근 OECD 국가들이 교육에 있어서 파트너십의 중요성을 강조하면서 학부모를 교육의 동반자로 인정하고 학부모를 참여시킨 사례를 소개한 보고서 'Parents as Partners in Schooling'가 발표된 바 있다. 이 보고서에는 가정과 학교, 지역사회가 교육적 협력을 증진시키기 위해 어떻게 노력해왔는지에 대한 사례와 전략들이 소개되어 있다. OECD 국가들이 이렇게 파트너십을 강조하는 이유는 학부모의 자원과 에너지를 학교로 끌어들임으로써 교육 발전을 도모하자는 데 있다. 전북교육청도 가정과 학교, 지역사회의 '소통과 협력'을 중요하게 생각해 왔다. 선진국들의 교육 동향을 적극적으로 받아들인 것이다.

전북교육은 '더불어 살아가는 창의적인 인간육성'을 교육지표로 삼고, 인성교육과 학력신장이라는 두 마리 토끼를 잡기 위해 노력해 왔다. 그리고 이런 지표를 실현시키기 위해 노력한 결과 도민들로부터 엄청난 호응을 얻었다. 도민들이 보내준 호응은 곧바로 전북교육의 힘이 되고 있다. 학교와 학부모 그리고 지역사회가 연계하여 더 큰 미래를 그려보자는 것, 교육공동체와 함께 감동을 만들어가고자 하는 것이 바로 전북교육의 꿈이다.

지역사회와 어깨동무

세계화와 정보화 시대에는 학교 혼자서 독자적으로 모든 것을 주도해 나가기는 벅차다. 급변하는 상황에 대처해 나가기 어렵기 때문이다. 전북교육청에서는 '학교밖학교'와 '가족학교 우수인증제 선도학교' 등 지역사회와 함께하는 학교를 만들기 위해 노력해 왔다. 이는 교육활동의 전반적인 영역에서 가정과 학교, 지역사회가 서로 유기적으로 협력하고 소통하는 공동체 교육을 이루고자 하는 뜻에서였다.

'학교밖학교'는 초등학교 19개, 중학교 16개, 고등학교 22개 학교를 선정해서 운영했다. '학교밖학교'를 보다 역동적으로 추진하기 위해 모두 57개 학교에 300만 원에서 1,000만 원까지 예산을 지

전라북도교육청 어린이합창단이 병원을 찾아 할아버지 할머니들 앞에서 노래를 부르고 있다.

원했고, 우수한 평가를 받은 학교에는 추가로 예산을 지원했다. 이들 학교에서는 사회 저명인사와 학생들 간의 상호결연 활동을 통하여 학생들로 하여금 꿈과 희망을 키우게 했다. 또한 직장체험의 날, 봉사 및 장애 체험학습, 직업인 초청 강연, 대안학교 방문 등 다양한 프로그램을 통해 더 넓은 세계를 경험토록 했다.

'학교밖학교' 프로그램이 진행되면서 건강한 학교 환경이 조금씩 조성되기 시작했다. 교사와 학생, 학부모들 사이에는 상호 신뢰가 증진되면서 '더불어 살아가는 창의적인 인간육성' 이라는 전북교육청의 교육지표에 대한 이해도 높아졌다.

또한 교육공동체가 함께 공교육을 바로 세우기 위해 33개 초등학교, 15개 중학교, 15개 고등학교를 '가족학교 우수인증제 선도학교'로 지정해 100만 원에서 1,000만 원까지 예산을 지원했다. 27개의 우수학교에 대해서는 100만 원에서 300만 원을 추가로 배정했다.

이들 학교에서는 가족이 참여하는 프로그램과 학생과 학부모, 교사가 함께하는 다양한 동아리 활동도 운영해 왔다. 또 학부모 공개수업, 가족과 함께하는 봉사체험, 학부모와 동문이 함께하는 스포츠 활동 등의 프로그램도 진행되었다.

이러한 다양한 교육활동을 통해 학교가 교육공동체의 구심점이 되었다. 학교가 혁신을 한 것이다. 학생과 학부모, 교사와 동문이 함께하는 교육활동이 펼쳐지자 공교육을 이해하는 분위기가 확산되었다. 수요자가 학교를 믿고 따르면서 공교육에 대한 신뢰감이 형성됐다. 학교를 믿고 따르기 때문에 사교육비가 경감되는 효과도 얻게 되었다.

전북교육청은 '학교밖학교'와 '가족학교 우수인증제 선도학교'가 성과를 거두자 '지역사회와 함께하는 학교', '평생교육 시범학교'를 운영하기도 했다. 지역사회와 함께하는 학교는 1개 학교에 1개의 프로그램을 중심으로 평생교육을 진행해 평생학습센터 역할을 할 수 있도록 만든 것이다. 평생교육 시범학교는 지역 주민에게 학교 체육시설과 교육시설을 개방해 지역주민들이 함께하는 학교를 만들기 위한 것이었다.

'학교밖학교', '가족학교 우수인증제 선도학교', '지역사회와 함께하는 학교', '평생교육 시범학교' 등은 학생과 학부모뿐만 아니라 지역주민들에게도 학교가 평생교육과 여가선용의 기회를 제공하여 주민들의 삶의 질 향상을 가져왔다. 또한 학교와 지역 간의 소통을 원활하게 만들어 학교 교육을 발전시키는 기폭제 역할을 해왔다고 자부한다.

소통과 협력의 교육공동체는 저절로 만들어지는 것이 아니다. 학부모와 지역사회가 학교를 믿고 같이 가기 위해 협력해야 한다. 전북교육청은 그동안 학부모, 지역사회 구성원들이 교육을 위해 자발적으로 참여하도록 노력해왔다. 신뢰 받는 교육이 결국 감동을 주기 때문이다. 우리의 미래인 교육을 위해 지역사회와 어깨동무를 해야 한다. '학교밖학교'와 '가족학교 우수인증제 선도학교' 등 좁은 학교의 틀을 깨고 보다 더 큰 학교를 추구해온 그동안의 노력이 전북교육의 더 큰 미래를 열어 나가는 밑거름이 되어줄 것으로 믿는다.

학력이 경쟁력이다

• • •

학력신장 인프라 구축

교육청은 공교육의 심장부이다. 공교육이 경쟁력을 갖추지 못하면 학교 무용론까지 나올 수 있다. 그런 만큼 학생들의 실력향상은 두말할 나위 없이 중요하다. 전북교육청은 그 어떤 과제보다도 학력신장에 주력해 왔다. 2007년 '학력신장 원년의 해'가 선포된 이후 전북교육청의 모든 역량은 학력신장에 집중되었다. 학력신장을 위한 노력으로는 학력신장 인프라 구축, 기본학습력 제고 그리고 수월성교육 강화 등 세 가지로 요약된다.

학력신장 인프라 구축을 위해 먼저 교사들의 역량 강화에 힘썼다. 교육은 정책으로 이뤄지는 것이 아니라 교실 안에서 교사들에 의해서 완성된다. 따라서 교사들의 역량이 곧 학력신장으로 이어지는 것이다. 전북교육청은 초등 112개 강좌, 중등 93개 강좌 등 다양한 강좌를 개설해 교사들이 전공교과와 관련된 직무연수에 적극적으로 참여할 수 있도록 유도했다.

한 초등학교를 찾아 학생들과 얘기를 나누고 있다.

또한 부교육감을 단장으로 학력신장지원단을 조직해 상시적으로 운영해 왔다. 학력신장지원단은 일선에서 어려워하는 학력신장 방안에 대해 컨설팅을 해왔으며, 교육청의 학력신장 정책이나 결과 환류 등에 적극 참여해 왔다.

또 학교의 변화를 유도하기 위해 장학지도나 학교평가를 할 때 학력신장 관련 영역에 가중치를 두었고, 학력신장 우수학교 선발이나 각종 교원의 시상에 인센티브를 부여했다.

매년 진학성적이 좋은 담당 교사들 180명씩을 선발해 해외연수를 실시했다. 학력신장 우수학교 53개와 우수교원 53명을 선발해 표창하는 등 학교 현장에서 학력신장 정책이 뿌리내릴 수 있도록 해왔다. 고등학교 학급당 연간 80만 원이었던 학력증진비는 120만 원으로 50% 증액했고, 기존에는 편성되지 않았던 중학교의 학력증진비를 학급당 연간 100만 원씩 지원하는 등 재정적인 투자도 뒤따랐다.

한편 459개 농산어촌학교에서 운영한 방과후학교 교과 프로그램도 학력신장에 크게 기여한 것으로 평가된다. 전북교육청은 실력 있는 강사를 확보하기 위해 14개 지역교육청에 방과후학교 순회교사와 우수강사 인력풀을 구축하는 등 다양한 맞춤형 방과후학교 프로그램이 운영되도록 지원해 왔다.

학교가 아동의 돌봄센터가 되어야 한다는 취지에서 방과후학교 보육시설과 농산어촌 거점학교 보육센터를 무려 268개 학교에서 운영해왔다. 사교육의 사각지대이기도 한 저소득층 자녀에게는 방과후학교 자유수강권을 지속적으로 지원했고, 다문화가정에 방과후학교 운영비를 지원하는 등 총 280억 원에 달하는 예산을 방과후학교에 집중 투입했다.

전북교육청이 2008년과 2009년 계속해서 사교육비를 줄이면서 학생들의 실력을 향상시킨 공로로 교육과학기술부 선정 방과후학교 운영 최우수 교육청으로 선정된 것은 당연한 결과였다.

전북에서 가장 유능한 교사들이 참여해 초·중·고별, 과목별로 수학능력시험 형태의 문제은행도 구축했다. 온라인을 통해 문제은행이 제공되자 호평이 뒤따랐다. 문제은행을 통해 일선학교에서 학생의 눈높이에 맞는 학습지도와 진학지도가 가능하게 되었다.

학력신장을 위해 전북교육청은 학업성취도평가 횟수를 두 차례씩 늘렸다. 중학교 1학년 학생의 경우 연간 3회에서 5회로, 2·3학년은 연간 2회에서 4회로 각각 늘린 것이다. 학교 현장에서 학업성취도와 학력신장 정도를 좀 더 정확하게 파악할 수 있도록 하기 위한 조치였다.

이런 평가를 통해 부족한 부분에 대해서는 학교 자체의 계획을 세워 학력신장을 추진하고, 학교차원의 대책이 어려울 경우 지역교육청이나 도교육청 차원의 학력지원단이 투입되는 등 평가와 환류에 주력해 왔다. 이런 노력의 결과 2009년 말에는 기초학력 미달 학생이 0.4% 이하로 줄어들었다. 이 같은 결과는 전국에서 가장 빼어난 성과였다.

미래 인재를 기르기 위해 수월성교육도 중요하다. 수월성교육이야말로 학생 개개인의 능력을 발현시켜 경쟁력 있는 인재로 키우는 길이다. 전북교육청은 2009년 중학생 3,067명과 고등학생 3,213명을 대상으로 맞춤형 수월성교육을 실시했다.

전북교육청은 맞춤형 논술교육의 기회를 확대하고, 영어교육 강화, 영재교육 확대와 특성화된 직업교육을 해왔다. 특히 교과교육과 연계한 독서교육을 강화해 전 교과 독서실적을 수행평가에 반영하도록 했으며, 아침마다 책을 읽는 학교를 만들기 위해 아침독서 10분 운동을 전개해 왔다. 그 결과 학생들의 독서능력과 독서량의

미래 인재를 양성하기 위한 전북교육의 노력으로 '실력 전북'의 명성을 되찾을 것이다.

비약적인 증가를 가져왔다. 또 나날이 비중이 높아지는 논술교육을 위해 전북e스쿨 사이버 논술지도반을 초·중·고 전체에 걸쳐 운영함으로써 사교육보다 질 높은 교육서비스를 제공하고 있다.

또한 영어교육을 강화하기 위해 원어민 보조교사를 지속적으로 늘려온 결과 현재 241명을 확보했다. 선거 공약으로 제시했던 원어민 보조교사 250명 확보 약속은 달성이 어렵지 않게 되었고, 원어민 수준의 영어교사 1,000명을 양성하기 위한 노력도 계속되고 있다. 영어교사들의 해외연수를 지속적으로 확대해 2009년 말 현재 422명의 원어민 수준 영어교사를 확보하게 되었다.

뿐만 아니라 전북도내의 거의 모든 학교에 영어체험교실이나 영어카페를 개설해 상시적으로 생활영어를 구사할 수 있는 기반을 조성했다. 원어민 보조교사 확보, 원어민 수준의 영어교사 양성, 영어 활용 교육 환경 조성을 통해 전북 지역 30만 학생들의 영어 의사소통능력과 실용영어 구사력이 급속도로 신장되었다.

지난 6년 동안 전북교육이 학교 학력신장에만 매진한 것은 아니었다. 그러나 학력신장을 담보하지 않고 교육을 이야기할 수는 없다. 그런 의미에서 전북교육청의 학력신장 정책은 교육의 본질에 접근해 온 노력이라 할 수 있다.

일부 언론에서 제기하고 있는 전북지역 학생들의 학력 저조는 분명 사실과 다르다. 특정 과목, 특정 지역의 학력이 다소 뒤처지고 있는 것은 사실이지만 전북교육청과 교원 그리고 학부모들의 학력신장을 위한 노력이 편향적 시각으로 매도되고 있는 것은 참으로 안타까운 일이다.

전주와 익산 등 도시지역 학생들의 학력은 전국 10위권에 올라 있는 것이 이를 입증한다. 앞으로 일부 농산어촌 지역의 학력이 도시 지역에 비해 낮은 현실을 타개하기 위한 노력들이 경주된다면 '실력 전북'의 명성을 곧 되찾을 수 있으리라 믿는다.

공교육의 힘, 전북e스쿨

세상이 변하고 있다. 이제 기존의 가치관만으로는 더 이상 세상을 살기 어렵다. 교육은 어떤가? 사실 교육은 기업과는 다르다. 기

전북을 학습하는 사회로 만들고, 학습 인프라를 공고히 한 '전북e스쿨'.

업은 시장에서 죽고 사는 그야말로 전쟁을 치러야 한다. 끊임없이 트렌드trend를 만들고 고객을 끌고 가야 한다. 고객의 욕망을 산출시키고, 그들의 구매 가시권으로 들어가기 위해 가격도 조절해야 하고 디자인도 고민해야 한다. 그래야 살아남는 것이 기업이다. 그러나 교육은 그보다는 먼 미래를 보고 간다.

사회가 변했다고 무작정 교육이 변할 수는 없다. 그렇게 되면 교육은 대혼란에 빠지게 된다. 변화된 현상이라고 교육이 무조건 수용할 수는 없다. 교육은 검증되고 보편성을 지닌 현상만을 수용한다. 교육이 정치적으로 중립을 지켜야 하는 이유이기도 하다.

우리나라가 오늘날 세계 8위의 무역대국으로 성장한 것은 섬유

산업부터 시작해 자동차와 조선 같은 중공업의 힘이 컸다. 그러나 ITinformation technology산업의 역할을 간과할 수는 없다. 우리는 누가 뭐래도 IT강국이다. 반도체산업은 세계 최강이다. 앞선 반도체산업의 힘이 우리나라가 세계 경제에서 중요한 위치를 차지할 수 있도록 만든 것이다. 정보통신은 지금도 각광을 받고 있지만 미래에도 유망한 산업이다.

이러한 세계적 경제 조류에 주목하여 전북교육은 IT를 바탕으로 하는 교육에 주목했나. IT교육은 두 가지로 나눠서 진행해 왔다. 하나는 IT를 운용하는 소양교육이다. 교육을 통해 미래의 IT 인재를 기르기 위한 것이었다. 정보올림피아드를 열거나 학교에서 컴퓨터를 가지고 프로그램을 만들어 보는 등의 IT기술을 습득하는 교육이 그 예라 할 수 있다. 이런 경험을 통해서 미래 IT 분야 인재들을 길러낼 수 있기 때문이다.

또 하나의 IT교육은 그야말로 IT활용교육이다. IT를 도구로 보고 이를 활용하여 교육의 기회를 다양화하고, 교육의 방법을 다채롭게 해 교육의 질적 발전을 이루려는 교육방법이다. 여기에는 교과서 대신 IT책가방을 가지고 다니는 도구적인 혁신은 물론, 인터넷을 활용한 e러닝e-Learning까지 다양하게 이뤄졌다.

e러닝은 전자학습Electronic learning을 의미한다. 말 그대로 정보통신기술을 활용하여 언제anytime, 어디서나anywhere, 누구나anyone 원하는 수준별 맞춤형 학습을 받을 수 있는 학습체계를 말한다. 특

히 전북과 같이 사교육을 접하기 어려운 농산어촌 지역학생들에게 e러닝은 질 좋은 강의를 받을 수 있게 하는 장점을 지녔다.

전북교육청이 '전북e스쿨'을 운영하는 목적은 사교육비 경감, 교육격차 해소, 학력신장을 위함이다. 초등학교 4학년부터 고등학교 1학년까지를 대상으로 학교 정규 교육과정에 맞춰 다양하게 제공되는 수업콘텐츠는 모두 무료다. 전북도내에 재학 중인 학생들은 누구나 회원에 가입하고 수강신청을 통해 사이버학습에 참여할 수 있게 만들었다. 또한 교사들은 사이버선생님 인력풀 신청을 통해 사이버교사로 참여할 수 있게 했다.

전북e스쿨은 '우리교실'과 '특별교실'로 나뉘어 있다. 먼저 우리교실은 국어, 영어, 수학, 사회, 과학 5개 과목을 보충형, 기본형, 심화형 콘텐츠로 제공하고 있다. 실제 학생이 재학 중인 학교의 학급담임교사와 함께 참여하므로 학교교육과 전북e스쿨이 연계된 온오프라인 연계형 학습이 이루어지게 만든 것이 특징이다. 학생들은 교과상담 등 각종 상담 때 학급담임과 교과담임, 교과매니저 등 여러 선생님 중 원하는 선생님을 선택해 질문할 수 있도록 했다.

그리고 특별교실은 단위학교의 교과담임 교사가 교과학습을 개설하여 운영하도록 했다. e러닝은 학생들의 실력을 향상시키는 데 큰 공헌을 하고 있다. 영어나 수학, 논술 등도 e러닝으로 해결하기 위해 선진화된 프로그램을 제공하고 있다. 영어는 사이버 생활영어 급수반을 초급·중급·고급반으로 나누어 운영한다. 수학은 단계적인 학습이 필요하기 때문에 문자와 식, 규칙성과 함수 등 중요한 단원은 중학교 1학년부터 고등학교 1학년 과정을 단계적으로 학습할 수 있도록 했다.

논술교실은 전북이 전국을 주도해온 분야다. 이미 양성된 논술 전문가 그룹도 전국에서 가장 많다. 교사를 대상으로 한 논술연수는 다른 지역과 비교가 되지 않을 정도로 횟수가 많고 질적으로도 우수하다는 평가를 받고 있다. 전북의 우수한 논술강사들이 전국을 순회하면서 강의를 하고, 국내 주요 기관의 논술 출제나 채점을 도맡아 왔다. 이러한 유능 교사 120여 명이 전북e스쿨에 참여해 무학년제로 논술강의를 실시해 왔다.

전북e스쿨 논술은 강의만 진행되는 것이 아니라 학생들이 논술 문을 작성한 뒤 원하는 선생님을 선택해 첨삭지도를 받을 수 있도록 운영되고 있다. 학생들이 화면에 나타나는 원고지를 활용해 논술을 작성하면, 우수한 교사들이 첨삭지도를 해주기 때문에 현장감 있는 논술교육이 진행되고 있다.

학부모교실도 운영되고 있다. 부모와 자녀가 함께하는 사이버학습을 통해 자녀의 학습습관 확립에 기여하고 있다. 또한 평생학습 시대에 부응하기 위한 학부모 역량 강화를 위한 교육프로그램도 운영해 왔다. 한국사능력시험 대비반과 UCC 제작반 그리고 워드 및 컴퓨터활용 자격증반 등이 그것이다. 학부모들이 참여하는 전북e스쿨은 전북을 학습하는 사회로 만들었다는 평가를 받고 있다.

그동안 전북e스쿨은 완전학습을 추구해왔다. 1단계에서 예습을 통해 배울 내용을 미리 학습하고, 2단계는 교실수업을 통해 학습내용을 이해하며, 3단계는 복습 정리하고, 4단계는 반복학습을 하는 것이다. 이러한 사이버 학습의 노력이 결국 우리 전북의 학력을 신장시키고, 학습 인프라를 더욱 공고하게 만든 것이다.

독서-토론-논술교육

훌륭한 인성을 겸비한 인재를 육성하기 위해 전북교육청은 독서-토론-논술교육에 역점을 두어왔다. 책을 읽는 행위는 직접체험의 한계를 극복하여 다양한 세계를 경험하게 해 사고력을 신장시키고 자기주도적인 학습능력과 세상을 읽는 능력을 길러준다. 더 나아가 책을 읽고 토론할 때 고급사고력이 향상되며, 학교수업의 참여도가 크게 높아진다. 토론은 민주시민의 필수조건이다. 마지막 단계인 쓰기는 읽기의 완성이다. 한 편의 완성된 글을 쓰는 일은 읽은 책에 대한 이해력, 창의력, 논증력, 표현력과 맞춤법 등을 모두 아우르는 고도의 종합적인 사고의 산물이기 때문이다.

독서는 인재양성의 바탕이 되며, 인성교육에 미치는 영향이 크다. 읽기는 이해력을 신장시키기 때문에 학교 공부의 중요한 영역에 큰 역할을 한다. 따라서 교육의 출발은 읽기에서부터 시작한다. 이런 이유로 전북교육청은 독서-토론·논술교육에 역점을 두어왔다.

PISA 국제학력평가에서 대한민국은 2008년 읽기능력 분야에서

논리적이고 창의적인 사고력과 표현력 향상을 높이기 위한 독서–토론–논술 프로젝트.

OECD국가 중 1위를 차지하고 있다. 읽기는 국제학력평가에서도 중요하게 여기고 있다. 전북교육청은 학교도서관 확충과 사서교사 증원 배치, 각종 독서 경진대회 실시 등 책 읽는 풍토를 조성하기 위해 꾸준히 노력해 왔다. 아직도 독서분위기 조성에 미진한 학교도 있지만, 빠른 시일 내에 학교도서관이 확충될 수 있도록 계획을 수립해두고 있다.

또한 2005년부터는 논술교육을 강화하기 위해 집중적으로 실기와 실습 위주의 교사 논술연수를 실시해 왔다. 찾아가는 연수를 실시해 방학 중에 보충수업을 하는 교사들도 쉽게 연수를 받을 수 있도록 하는 등 논술지도 역량을 강화해 왔다. 수능 이후 학생들을 위해 만든 논술드림팀은 고품질 논술강의로 전국적인 관심사가 되었다. 그동안 논술은 학원이나 과외에 의존할 수밖에 없다는 것이 수험생과 학부모들의 일반적 인식이었다. 그러나 논술드림팀의 출현으로 이제 전북에서는 논술도 공교육이 책임진다는 인식이 확고하게 자리잡게 되었다.

전북e스쿨의 논술 첨삭지도는 초·중·고 학생들을 대상으로 연중 실시하고 있다. 전문교사들이 중심이 되어 모두 2만여 회 이상의 첨삭지도를 통해 학생들의 만족도를 높여 사교육을 줄이는 효과를 가져왔다.

전북교육청에서는 매년 독서논술대회를 개최해 단위학교에 파급효과를 키워왔다. 학생들에게 직접적인 도움을 줄 수 있도록 140여 개 학교에 교사와 학생이 참여하는 독서논술 동아리를 구성해 운영해 왔다. 방학 중에는 독서논술캠프를 개최해 초등학교와 중학교 학생들의 논술에 대한 욕구를 해소했다.

전문가들에 따르면 독서와 토론을 묶어서 하는 활동이 가장 이상적인 조합이라고 한다. 무엇보다 독서토론은 학생들의 자기주도적 학습을 가능하게 하며, 비판적이고 창의적인 사고력을 신장시킨다고 한다.

전북교육청은 수업참여도는 물론 사고력 신장을 통한 학업 성취도를 높이기 위해 토론수업과 토론대회를 장려해왔다. 예를 들어 전북중등토론교육연구회는 토론수업 모형을 개발하고 이를 일반화해서 학생들의 수업 만족도를 높여왔다. 또한 8만 권에 이르는 각종 도서와 논술자료를 보급해 학생들로 하여금 독서-토론-논술에 쉽게 접근할 수 있도록 지원하였다.

전북교육청은 점차 확대되고 있는 입학사정관제에 효율적으로 대처하기 위해 앞으로 독서-토론-논술대회를 활성화시킬 계획이다. 토의와 토론수업도 적극 활성화하고, 학생들에게 독서가 축제로 다가갈 수 있도록 독서대회를 개최할 방침이다.

학생들의 자기주도적 학습능력을 신장하여 공교육의 경쟁력을 강화하고, 논리적이고 창의적인 사고력과 표현력 향상을 통해 진학성적을 높이기 위해 진행되는 독서-토론-논술 프로젝트도 진행되고 있다. 교사들의 지도 역량을 강화하고 교수·학습 방법 개선을 통해 학생들의 독서-토론-논술 능력을 개발하는 프로그램이다.

경제력이 뒤지는 전라북도의 입장에서 교육이 희망이라는 말은 단순한 슬로건이 아니다. 교육을 통한 인재양성이 희망찬 미래를 약속하는 지름길이기 때문이다. 교육에서 가장 중요한 고객은 학생이다. 그리고 학부모이다. 모든 교원들이 고객을 왕처럼 모실 준비에 만전을 기할 때 전북에도 전북을 사랑하는 찬가가 울려 퍼질 것으로 믿는다. 모두가 우리를 사랑하고 우리 지역을 찬미하는 날을 준비하는 일에 독서-토론-논술 프로젝트가 큰 역할을 하게 될 것이다.

사교육비를 줄이는 방과후학교

무풍초등학교(교장 김홍균)는 17일 방과후학교를 개강하고 영어교육 프로그램을 운영, 학부모들로부터 큰 호응을 얻었다. 무주국제화센터 (센터장 현인근)와 공동으로 진행하는 이번 영어 프로그램은 1~6학년 20여 명의 학생을 대상으로 학습자 수준에 맞게 진행한다. 무풍초는 원어민교사 2명을 초빙해 방과후학교를 통해 교과내용을 영어로 편집, 과학과 미술 수업을 오는 12월까지 진행할 계획이다.

무풍초 김홍균 교장은 "시골학교의 아이들이 도시의 학원이 부럽지 않도록 영어교육의 기회를 제공하는 데 소홀함이 없도록 만전을 기할 것"이라고 말했다. 무주국제화센터 현인근 센터장은 "산촌 어린이들을 위한 영어교실이 흥미유발 등 가시적인 성과를 가져 올 것으로 기대된다."고 말했다. 무풍초등학교는 전교생이 69명이다. / 이형열 기자

〈새전북신문 2010년 4월 19일자〉

경제위기를 거치면서 사회양극화가 심화됨에 따라 소득격차가 커지고 어쩔 수 없이 맞벌이를 하거나 이혼으로 인한 결손가정이 늘어났다. 그에 따라 교육수혜의 불평등 또한 심화되고 있는 실정이다. 하지만 경제적으로 어려운 상황 속에서도 학부모들의 사교육에 대한 의존도는 물론이고, 전체적으로 사교육 비중 역시 계속 증가 일로에 있다.

방과후학교는 공교육의 위기 속에서 사교육 수요를 공교육 체제 안으로 흡수해 사교육과 경쟁할 수 있는 대안이다.

이러한 상황이 가속화되자 언론들마저 "공교육이 무너지고 있다"는 등 자극적인 제목으로 사교육 시장을 부추기고 있는 추세이다. 그렇게 되면 학부모들은 사교육에 더욱 의존하게 되는 악순환이 반복된다. 그야말로 사교육의 무한질주가 이어지는 것이다. 사교육 시장에 대한 맹신은 공교육의 여러 방안들을 무의미하게 만든다. 이래서는 우리 교육이 발전하기 어렵다. 공교육이 반듯해야 사교육도 실효를 거두는 것이다.

이러한 공교육의 위기 속에서 사교육 수요를 공교육체제 안으로 흡수해 사교육과 경쟁할 수 있는 대안으로 마련한 정책이 바로 방과후학교다. 방과후학교는 교과 관련 프로그램 운영의 활성화로 학력신장에 기여함은 물론, 특기와 적성 관련 프로그램으로 우리 학생들의 소질을 계발할 수 있다. 경쟁력 있는 인재를 조기에 발굴해 키우는 맞춤형학습이 이뤄지는 것이다. 이렇게 방과후학교가 운영되면서 교육수요자의 만족도를 향상시켜 사교육비를 경감하고 교육복지를 실현할 수 있게 되었다. 공교육의 신뢰성 회복은 말할 필요가 없을 것이다.

전북교육청은 교육수요자가 만족하는 방과후학교가 되도록 하기 위해 초등학교 저학년을 위한 보육교실부터 학생 개인별 수준에 맞는 맞춤형 수업을 제공하여 학력신장뿐 아니라 인성교육까지 이루어지도록 노력하고 있다. 학교급에 맞는 세부 사업 내용을 마련하고 시기적절하게 예산을 지원하여 방과후학교가 가시적인 성과를 거둘 수 있도록 해왔으며, 공교육의 질을 높여 학생과 학부모의 만족도를 높이는 기회가 되었다.

방과후학교는 방과 후에 우리 학생들을 안전하게 보호함은 물론 다양한 프로그램 운영으로 학교의 교육기능을 보완하며 계층 간, 지역 간의 교육격차를 최소화하고 있다. 학생들의 숨겨진 잠재적 능력을 발휘할 수 있도록 도움도 주고 있다. 또 학교 밖에서 이루어지는 사교육을 학교 안으로 끌어들여 학부모로부터 신뢰받는 교육 풍토를 조성하고, 공급자 중심의 교육에서 수요자 중심의 교육으로 전환하려는 의도도 깔려 있다. 방과후학교는 시대가 변함에 따라 학생들의 학습선택권을 확대하는데 기여하기도 했다.

전북교육청의 방과후학교 프로그램은 매우 섬세했다. 초등학교 저학년의 경우 오후에 교육과정이 없기 때문에 귀가해야 한다. 그런데 부모가 집에 없는 경우가 많다. 집에 사람이 없으니까 어쩔 수 없이 학원으로 가는 학생들이 많다. 사교육 시설인 학원이 가르치는 기능뿐만 아니라 보육의 기능까지 담당해 왔다고 하겠다. 그래서 추진한 것이 방과후학교에 보육기능을 추가한 것이다. 이를 위해 전북교육청은 보육교실과 농산어촌 거점학교 보육센터 268개 학교를 지정하고 40억 원을 지원하였다. 그 결과 보육교실에 대한 학생과 학부모의 만족도가 높아 앞으로 이를 300여 개 학교로 확대했다.

중학교 방과후학교 운영의 경우 1·2학년은 특기와 적성 프로그램에 대한 수요가 많고, 3학년은 학력신장을 위한 교과프로그램에 대한 수요가 많았다. 이를 충족하기 위해 전북교육청은 방과후학교에 특기적성 프로그램을 운영할 153개교를 지정하여 30억 원을 지원하였고, 또 학력신장을 위한 맞춤형 방과후학교 교과프로그램을 운영하는 12개 지역의 37개 학교에 60억 원을 지원했다.

또한 도시지역의 학생들에 비해 상대적으로 낙후된 농산어촌지역 학생들의 학력신장을 위해 459개 학교에 모두 47억 원을 지원하여 방과후학교 프로그램을 운영했다. 이를 통해 사교육이 없는 농산어촌 학생들의 학력을 신장시킨 것은 물론, 도시와 농산어촌 간의 교육격차를 해소하는 역할도 해왔다.

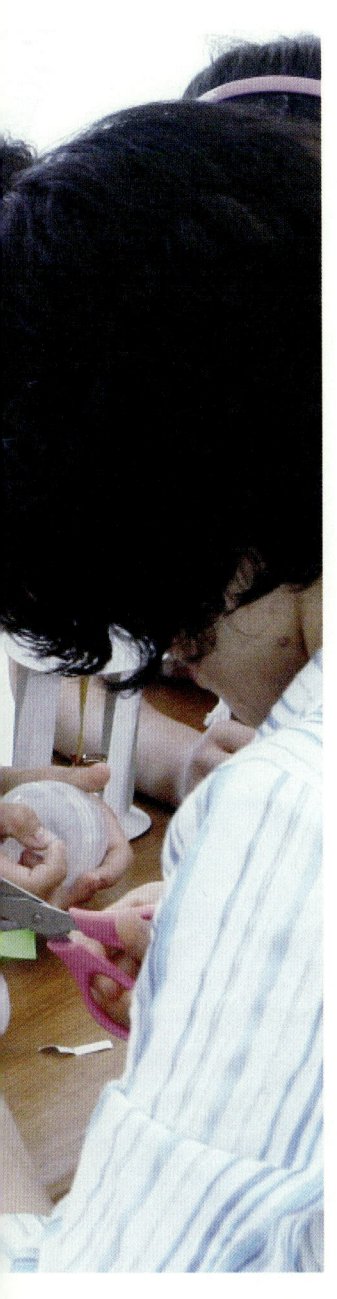

　고등학교의 경우 학력신장을 위한 사교육 수요가 훨씬 높은 경향을 보인다. 특히 성적 수준이 높을수록 사교육비 지출이 많고, 사교육에 대한 참여율도 높았다. 구체적으로 보면 상위권 성적의 학생은 선행학습을 위해 사교육에 참여하고, 하위권 성적의 학생들은 학교 교육과정을 보충하기 위해 사교육에 참여한다. 이를 해결하기 위해 우리교육청에서는 '사교육 없는 학교'를 추진하여 사교육 수요의 대부분을 학교에서 충족시키려고 노력해 왔다.

　방과후학교 프로그램으로 정규수업의 결손을 보충하고, 수월성 교육에 대한 욕구도 학교에서 충족시켜온 것이다. 방과후학교는 공교육의 신뢰도를 높이는 데 크게 기여해왔다.

　방과후학교의 효율적인 운영을 위해 각종 연찬회와 성과발표회도 개최하였다. 방과후학교의 내실화를 기하기 위한 것이다.

　공교육의 중심은 학교다. 올바른 교육정책이 구축되어야 공교육이 단단해지며, 고품질의 교육 서비스를 제공할 수 있다. 그러나 학교 독자적으로 모든 것을 책임지고 이끌어 가기에는 한계가 있다. 교육수요자인 학생, 학부모는 물론 사회 전체가 교육의 가치와 중요성을 인식하고 공교육을 정상화하겠다는 의지를 공유해야 한다. 그래야 비정상적인 사교육 의존현상을 바로 잡을 수 있고, 또 계층 간에 조성된 위화감을 해소시켜나갈 수 있을 것이다.

사교육비 부담은 몇몇 학부모의 문제가 아니라 사회적인 문제이다. 이러한 문제를 극복하기 위해 우리 교육청은 지자체의 지속적인 대응 투자를 유도한 파트너십을 발휘해 왔다. 지방자치단체에서 대응 투자한 예산으로 방과후학교 사업을 확대하여 사교육비 부담으로 인한 학생과 학부모의 고충을 줄이기 위해 더욱 노력했다. 이러한 방과후학교의 확대는 학생들이 바른 인성을 키우고, 공교육의 울타리 내에서 학력신장은 물론 숨겨진 재능을 계발해 꿈을 실현시켜 나갈 수 있는 자양분이 될 것이다.

세계로 나가는 영어교육

남원교육청(교육장 소명숙)은 지난달 31일 KBS 남원방송문화센터 공개홀에서 교육청 관계자 및 학부모와 학생 등 300여명이 참여한 가운데 2009학년도 남원영어축제를 성황리에 개최했다.

이번 축제는 영어말하기 대회와 영어팝송경연 대회, 영어퀴즈프로그램 등 영어에 대한 흥미와 관심을 높이기 위해 평소 각 학교에서 교육활동을 통해 배우고 익힌 영어 실력을 유감없이 발휘하는 축제 한마당으로 펼쳐졌다.

특히 대회에서 펼쳐진 학생들의 재능은 영어말하기를 통해 관중을 압도하는 발표능력과 팝송경연대회에서는 피아노, 기타, 드럼 연주까지 학생들의 뛰어난 기량을 선보였다.

소명숙 교육장은 격려사를 통해 "이번 축제의 가장 큰 성과는 학생들의 영어에 대한 자신감 회복과 영어에 대한 흥미를 높여 영어구사능력을 더욱 향상시킬 수 있는 계기가 되기를 바란다"고 말했다. / 신기철 기자

〈전북일보 2009년 11월 2일자〉

지금은 세계화시대이다. 아무리 좋은 제품을 만들어도 세계시장에 내다 팔아야 먹고 산다. 안방까지 다른 나라의 물건들이 무차별적으로 들어오고 있다. 그야말로 세계는 지금 경제 전쟁 중이다. 그 전쟁의 무기는 제품과 이를 팔 수 있는 수단인 외국어 능력이다. 따라서 영어교육은 국가의 미래가 달린 과제인 것이다.

세계화의 중심에 주인공으로 우뚝 설 인재를 기르기 위해 그동안 우리 교육청은 영어교육에 많은 노력을 기울여 왔다. 먼저 우수한 교사들을 양성하는 데 힘을 쏟았다. 양질의 지도자가 훌륭한 영어교육을 할 수 있는 지름길이기 때문이다. 그래서 '실생활 중심의 속 시원한 외국어교육'을 실시하기 위하여 다각도로 노력했다.

그동안 전북교육청은 원어민 보조교사를 확보하기 위해 많은 투자를 했다. 우선 2010년까지 원어민 보조교사 250명을 확보하고,

2012년까지 원어민 수준의 영어교사 1,000명 확보를 목표로 연차적으로 사업을 추진했다. 먼저 원어민 보조교사 250명을 확보하기 위해 유관기관과 협력 체제를 구축해 왔다.

또 원어민 보조교사들이 높은 수준의 교육을 진행할 수 있도록 팀티칭수업과 수업평가를 실시하고 있으며, 원어민 보조교사 간의 상호 멘토링제도를 운영하고 있다. 또한 생활이 안정되어야 교육에 전념할 수 있기 때문에 원어민 보조교사들을 위한 배려도 아끼지 않았다. 그러면서 영어교육을 위한 가용시간을 최대한 늘려 학생과 교사들의 영어 실력향상에 전력하도록 했다.

무엇보다 중요한 것은 영어교사들이 유능해야 한다. 그래서 원어민 수준의 영어교사 1,000명을 확보하기 위한 사업을 추진했다. 이를 위해 첫째, 영어교사 연수를 강화했다. 영어교사들에게 국내외 다양한 맞춤형 연수 기회를 제공하고, 심화연수와 온라인 TESOL연수 그리고 해외연수, 자율연수, 직무연수 등을 다양하게 실시했다. 또한 외국의 교사와 도내 영어교사 간 교류 프로그램을 추진해 오고 있다.

둘째로 원어민 수준의 영어교사단을 확보하기 위한 노력도 기울였다. 이를 위해 연간 초등교사 100명과 중등교사 100명씩을 5년 동안에 걸쳐 양성해 왔다. 이제 전라북도교육청은 2년 뒤면 원어민 수준의 영어교사 1,000명을 확보할 수 있게 된다. 이미 확보된 원어민 수준의 영어교사들은 영어 교수·학습방법 개선을 위한 교원연

전라북도교육청·전주시·전라북도전주교육청
전주영어마을 관리·운영 협약 체결
일시 : 2005. 6. 30 (목)　　장소 : 전라북도교육청

2005년 6월 김완주 전주시장(왼쪽), 신국중 전주교육장과 함께 전주영어마을 관리 운영 협약을 체결하고 있다.

수 요원으로 활용하고 있으며 앞으로 역할을 더욱 확대시켜 나갈
계획이다.

글로벌 인재를 기르기 위한 영어교육에 2009년까지 우리 교육
청이 기울인 노력은 다른 시·도 교육청과는 확연히 비교된다. 먼저
원어민 영어보조교사 241명을 배치하여 양질의 영어교육을 실시
해 왔다. 또한 도교육청과 지역교육청 주관으로 원어민 팀티칭 워
크숍을 매년 3회 이상 실시하고 있으며, 원어민 보조교사들에 대한
수업평가도 실시해 오고 있다.

현재까지 확보된 원어민 수준의 영어교사는 모두 422명이다. 원
어민 수준의 영어교사 1,000명을 확보하기 위해 전북교육청은 다양

영어마을에서 학생들이 원어민교사와 대화를 나누고 있다.

한 맞춤형 연수를 실시해왔다. 2008년 해외연수에는 196명이 참여했으며, 30개 영어교사 자생클럽에 대해 각각 500만 원씩을 보조해서 학교 현장에서 살아있는 영어교육을 펼칠 수 있도록 지원했다. 또한 영어교사 심화연수에는 27명이 참여했고, 온라인 TESOL연수에는 86명이 참가했다.

　2009년도 해외연수에는 205명이 참여했다. 해외에 6개월씩 체류하며 연수를 받는 해외심화연수에 3명, 영어 관련 직무연수에 155명이 참여하는 성과를 거두었다. 지금은 외국어교사 자생클럽이 126개 팀이나 운영되고 있으며, EBS 영어교수법 직무연수에 193명, 영어교사 심화연수에 96명, 온라인 TESOL 연수에 122명이 참여하고 있다.

또한 두 차례에 걸친 EBS 영어교수법 직무연수에 500명, 세 차례에 걸친 EBS 영어교수법 직무연수에 450명이 참여하는 등 교사들의 참여도가 점점 높아지고 있다. 이런 현상은 우리 영어교육 발전에 청신호라 할 수 있다. 이렇게 노력하는 교사들로 인해 세계화의 도구이기도 한 우리 전북의 영어교육은 계속 발전해 나갈 것이다.

이런 과정을 거쳐 2008년에 222명의 원어민 수준 영어교사단이 구성되었고, 2009년에는 200명의 교사들에게 원어민 수준의 영어교사 인증서가 수여되었다. 이들은 앞으로 영어교육 활성화 지원단으로 활동하게 된다. 또 원어민 보조교사 250명이 확보되면 이들에 대한 관리도 꾸준히 해나갈 것이다.

인원을 확보하는 것도 중요하지만 이들의 활용도 중요하다. 그동안 연수를 통해 확보된 교사들을 주축으로 팀티칭 수업 공개를 해왔으며, 교육청 차원에서 외국어교사 자생클럽을 지원해 왔다. 뿐만 아니라 원어민 수업평가 평가위원을 위촉하여 관리를 계속하는 등 전문성 신장을 위한 노력도 해오고 있다.

앞으로도 영어교육을 위한 전북교육청의 노력은 지속될 것이다. 무엇보다 원어민 수준의 영어교사 1,000명 확보와 원어민 수준의 영어교사에 대한 인센티브를 제공하는 방안을 강구하고 있다. 뿐만 아니라, 단위학교의 질 높은 영어교육을 위해 모든 학교에 영어전용교실을 구축해 나가고 있으며, 영어카페는 물론 영어교육을 위한 다양한 콘텐츠들을 지원하는 등 하드웨어 구축을 위해서도 많은 예산을 배정해 왔다. 교사들 못지않게 영어교육을 위한 시설도 중요하기 때문이다.

전북교육청은 이런 노력으로 세계화 시대를 주도해 나갈 인재들을 길러 나가고 있다. 학생들에게 희망을 주고, 진취적인 기상을 기를 다양한 영어학습 행사도 벌여 왔다. 전북교육청 차원의 영어축제 English Festival와 영어올림피아드English Olympiad가 그것이다. 이런 이벤트가 학교 현장으로 퍼져 글로벌 인재를 길러낼 수 있을 것이다.

복지사회를 지향하는 특수교육

19일 오후 전북 전주시 진북동 학생회관 앞에 도착한 관광버스에서 내리는 장애학생들의 얼굴은 피곤함 속에서도 웃음과 아쉬움이 배어 나왔다. 공대헌(15 · 동암재활학교 중학부 3년 · 지체 2급)군 등 장애아 10명이 그들의 엄마, 아빠와 함께 3박 4일간 일본 큐슈지방에서 해외 현장체험학습을 하고 귀향하는 길이었다.

이들은 지난 16일부터 나가사끼의 하우스텐보스와 원폭기념관, 후쿠오카의 현립 특수학교, 커널시티 등을 돌아봤다. 전주서 인천공항까지 4시간, 비행기로 1시간 20분, 이동할 때마다 휠체어에 타거나 혼자서 5분 이상 걷기가 버거웠지만 낯선 광경들이 마냥 신기했다. 후쿠오카 특수학교에선 "장애인들이 세상을 살아가면서 가장 중요한 힘은 '좋은 인사성과 순수한 마음'"이라는 한 선생님의 말씀에 공감하기도 했다.

이번 연수는 장애인의 날을 앞두고 몸이 불편한 학생들에게 넓은 세상을 직접 보게 하자는 뜻으로 전북도교육청이 주최해 이뤄졌다. 장애학생들이 자기 고장을 돌아보는 것도 쉽지 않은 현실에서 현장체험학습을 해외에서 가진 것은 전국서 처음이다.

참여한 사람은 초·중·고생 10명과 그들의 부모 10명. 특히 최규호 교육감이 동행, 나흘간 한솥밥을 먹으며 체험활동을 지켜보고 참가자들과 많은 얘기도 나누었다.

청각 장애가 있는 서경희(18 · 전주선화학교 고등부 3년)군은 "그곳의 장애인 학교 직업교육을 돌아보며 학생들이 취업을 해서 월급을 받고 생활하는 모습이 몹시 부러웠다."며 "나도 앞으로 취업 문제와 여자 친구 사귀는 일을 적극적으로 노력하겠다."고 말했다. 정정원(11 · 군산 혜화학교 5년 · 지체 1급) 학생의 어머니 윤소영씨는 "우리 같은 부모들이 가져야 할 자세는 바로 아이를 데리고 '무조건 밖으로 나가라'는 것임을 다시 한 번 공감하는 좋은 시간이었다."고 덧붙였다.

최교육감은 "이번 연수를 통해 학생들이 사회 참가의 의지를 높이고 다른 사람들과 접할 수 있는 기회를 많이 제공해 주는 것이 중요하다는 것을 새삼 되새겼다."며 "이 같은 행사를 해마다 실시하도록 하겠다."고 약속했다. / 김용권 기자

〈2007년 4월 19일 국민일보 쿠키뉴스〉

교육이 지향해야 할 근본적인 가치 중 하나는 수월성과 그 수월성에 대비되는 평등성일 것이다. 교육은 본래 귀족적 성격의 사교육에서부터 시작되었지만 학교교육으로 대표되는 공교육이 대중의 공익이라는 기치를 높이 내건 데서도 알 수 있다.

이에 걸맞게 전북교육청은 소통과 협력을 기저로 사회적 약자에 대한 배려와 지원 교육에 앞장서 교육의 평등성 가치를 실현하는 데 주력해 왔다. 그늘지고 소외된 곳이 없는 교육을 펼치려고 노력해 온 것이다. 저소득층 중·고생자녀 학비 지원, 다문화가정 자녀 지원, 장애인 부모를 둔 학생 교육 지원, 세 자녀 이상 가정 지원 등을 통해 사회적 약자에 대한 실질적 교육기회 균등을 보장하겠다는 것이 그 핵심이었다. 또한 도내 14개 시·군에 1개소 이상씩 모두 17개소의 '특수교육지원센터'를 설치해 원스톱 서비스 제공을 위한 특수교육 인프라 구축을 추진해왔다.

교육은 개인의 전유물도 아니고 혼자서 단독으로 해낼 수 있는 것도 아니다. 교육은 글로벌시대에 국가경쟁력 강화를 위한 필수요건이다. 또한 교육은 누구에게나 차별 없이 균등하게 혜택이 돌아가도록 해야 한다.

전북교육청은 '장애인 등에 대한 특수교육법'의 입법에 발맞춰 객관적 자료 수집과 철저한 분석을 통해 세밀한 특수교육 장기 계획을 수립하고 차질 없는 운영에 힘써 왔다. 특수교육 대상자를 조기에 발견해서 적절한 교육을 제공하고, 생애 주기에 맞는 교육을

2007년 4월 도내 장애인 학생 · 부모 등과 함께 떠난 일본 여행에서 기념촬영을 하고 있다.

통해 평생학습사회를 구현해 나가려고 노력해왔다. 또한 좋은 프로그램을 개발하고, 나아가서 치료 관련 서비스도 지원할 수 있는 방법을 찾아왔다.

　지역별 특수교육지원센터 설치는 물론, 특수교육지원 시스템을 구축하여 원스톱 특수교육 서비스를 제공해 왔다. 2009년 말 현재 전북에는 17개소의 특수교육지원센터가 개설되었고, 센터마다 특

장애인 학생들의 휠체어를 밀어주고 있다.

수교육 지원시스템이 구축되었다. 원스톱 서비스는 연중무휴로 제
공하고 있다. 열악한 특수교육지원센터 4개소를 리모델링하고, 17
개 센터에 자료와 교재교구 구입 등 지원서비스를 획기적으로 바꿔
왔다.

　최근 한국장애인단체총연맹이 전국 지방자치단체별 장애인 복
지와 인권 수준에 대해 조사한 '2009년 장애인 복지와 인권 수준'
을 발표한 바 있다. 여기에서 전라북도의 지표는 낮게 나왔지만, 전
북교육청은 상위권을 유지하고 있는 것으로 나타난 것은 특수교육
분야에 충실하게 노력을 기울여왔음을 의미한다.

　잘 알다시피 전북교육청은 2007년부터 전국 최초로 장애학생에

대한 해외체험연수를 실시해 왔다. 장애학생들에게 일본 등 선진 특수교육시설 시찰과 해외문물을 체험토록 만들어주기 위한 프로그램이다. 특히 첫해 후쿠오카 현립특수학교 등 장애인 교육현장 등을 둘러본 장애학생들은 저마다 가슴에 희망과 용기를 안고 돌아왔다.

장애학생 해외연수 프로그램에 동행했던 한 학부모는 "후쿠오카현립 특수학교 교사가 '장애인들이 세상을 살아가면서 가장 중요한 것은 순수한 마음을 잃지 않는 것' 이라는 말에 적극 공감했다." 면서 이런 기회를 통해 장애를 가진 자녀에 대해 더 깊은 애정과 용기를 북돋아줘야 할 필요성을 느꼈다고 말했다.

이처럼 사회적 약자라 할 수 있는 장애인을 위한 배려와 노력은 우리 전북을 보다 꿈이 넘치고 행복한 지역으로 만드는 데 일조했다고 자부한다. 견고한 바위가 오랜 세월 풍화작용에 힘입어 모래알이 되고 모래알이 뭉쳐서 화석이 되듯이, 작은 힘이라도 하나씩 뭉쳐지면 생각하지도 못했던 큰 힘이 발휘될 수 있다.

우리는 이제 산업사회를 거쳐 복지사회를 목전에 두고 있다. 국민복지가 진정으로 실현되기 위해서는 여러 가지 평정 척도가 있겠지만 그 중의 하나가 그늘지고 소외된 이웃이 없는 사회일 것이다. 특히 사회적 약자인 장애인과 관련된 특수교육은 매우 중요한 요소라 할 것이다. 교육이 국가경쟁력을 좌우한다면 특수교육이 제대로 실현되지 않고서는 온전한 교육복지를 이야기할 수 없다.

이제 장애학생은 유치원부터 고등학교까지 의무교육이 실시된다. 현재 도내에서 특수교육을 받고 있는 학생 수는 특수학교에 1,102명, 일반학교의 특수학급에 1,276명, 일반학급 배치 631명 등 모두 3,009명이다.

전북교육청은 장애학생들이 불편함 없이 공부할 수 있도록 기존의 특수학교 외에도 초등학교 426개 중 194개, 중학교 204개 중 38개 그리고 고등학교 130개 중 15개 학교에 특수학급을 설치해 왔다. 앞으로도 통합교육을 실시하는 특수학급을 중학교와 고등학교에 보다 더 늘리고, 도시지역의 일반계 고등학교에도 특수학급을 설치해 보다 많은 학생들이 공부할 수 있도록 만들 계획이다.

인성교육도 학교가 책임진다

• • •

아름다운 만남 멘토링

사람은 누군가 돌보고 이끌어주어 성장한다. 이끌어 주는 사람으로는 부모도 있고, 형제자매도 있으며, 선배도 있다. 이를 선(先)자에 낳을 생(生)인 선생(先生)도 이끌어가는 사람이라는 의미를 지녔다.

선생님이 잘 이끌어 줘야 학생이 바람직하게 성장한다. 전북교육청은 모든 교원이 전체 교육과정을 연계한 통합적 방법으로 바르고 아름다운 삶을 위한 인성교육을 지속적으로 추진해왔다. 그 중 '1인 1희망 멘토제'는 미래 사회의 주역인 청소년들에게 건전한 역할 모델을 제공하여 바람직한 가치관을 형성하고 자긍심과 신뢰감을 주기 위한 것으로 주목을 받아왔다.

멘토링Mentoring이란 성인과 청소년이 한 쌍을 이루어 서로에 대한 신뢰를 기반으로 1대1 관계를 맺는 것을 말한다. 보통 조언자의 역할을 하는 사람을 멘토Mentor, 조언을 받는 사람을 멘티Mentee라고 한다. 멘토는 그리스 신화에서 유래한 용어로 가르침을 주는 훌륭한 선생, 현명하고 믿을 수 있는 조언자를 의미한다. 즉 단순한 상담자가 아니라 조언을 통해 상대방이 지닌 문제를 해결하기 위해 노력하는 사람을 일컫는다. 멘티는 멘토의 조력을 받는 사람을 뜻한다.

멘토는 도움을 필요로 하는 멘티의 욕구에 초점을 둔다. 멘티가 자신의 잠재력을 계발하여 학업과 직업, 사회적 개인적 목표를 달성할 수 있도록 지지하고 가르치며 상담하고 돕는 것이 바로 멘토의 역할이다.

멘토링이 잘 이루어지면 큰 교육적 성과를 낼 수 있다. 일선 학교에서는 교사와 학생 간의 친화감이 조성되어 학생들과 교사가 상호 신뢰하게 된다. 학생들이 현실사회에 제대로 적응하는 법을 배우게 되면서 긍정적인 사고도 형성된다. 학생들은 자신의 분야에서 남다른 확신을 갖게 되면서 성취의욕이 향상될 수 있다. 그리고 심각한 자신들의 문제들을 조기에 발견할 수 있어 효과적인 행동 개선에 기여할 수 있게 된다.

전북교육청은 공교육 바로 세우기의 측면에서 멘토링의 교육적 의의에 주목해 왔다. 자긍심과 신뢰감을 주는 멘토와 멘티의 1대 1 만남을 통해 정서적인 지지 체계 구축과 전문가와의 만남을 통해 자신의 꿈을 찾아나갈 수 있도록 1인 1희망 멘토제를 운영해 왔다.

1인 1희망 멘토제는 멘토 활동에 대한 이해교육, 멘토와 멘티의

멘토제는 건전한 청소년상 정립에 중요한 역할을 담당해 나갈 것이다.

결연식, 멘토링 특강, 멘토와 멘티의 개별 집단 만남 행사, 멘토의 직장 탐방 등의 프로그램으로 진행되어 왔다. 또 교원과 학부모를 연계해 진로 책임상담제의 일환으로 '행복한 동행-만남' 이라는 행사를 개최하기도 했다. 그리고 자기·타인 탐색 및 이해, 다양한 진로탐색 작업, 지역문화 익히기 체험, 진로탐색검사를 통한 나의 꿈 찾기 운동도 전개했다.

1인 1희망 멘토제의 적극적 시행은 인성교육에서 새로운 역할을 했다. 첫째, 멘토와 멘티의 결연식과 만남 프로그램운영 및 문화 익히기를 위해 1인 1희망 멘토제 운영 대상 학교(공립 20개교, 사립 20개교)를 선정해 운영했다. 2009년 8월에는 아름다운 만남을 위한 멘토-

멘티 대축제에 240명이 참가해 교육계 내외에 커다란 반향을 불러일으켰다.

또한 2009년 하반기에는 40개 학교에서 멘토 직장 탐방프로그램과 멘토 활동에 대한 이해교육을 실시했고, 334개 중·고등학교 학생들을 대상으로 자기·타인 탐색 및 나의 꿈 찾기 프로그램을 진행했다.

갈수록 심화되고 있는 청소년 문제는 교육당국의 의지만으로는 해결할 수 없으며, 일선 단위 학교의 역할이 무엇보다 중요하다. 그리고 학교의 교육활동은 교사만의 일방적 지도가 아닌, 학생과 교사 그리고 학부모들의 상호 이해에 바탕을 둔 통합적 인간관계의 형성에 의한 교육활동이 매우 중요하다.

이에 따라 멘토제 운영 학교에서는 주 1회 이상 e-mail, 문자, 전화, 대면 등을 통한 멘토제 운영으로 멘토와 멘티 간의 돈독한 인간관계를 유지하고 있으며, 성과 극대화를 위해 상당수의 교직원이 60시간 이상 상담 관련 직무연수에 참여하고 있다.

또한 전북교육청의 지원을 받아 대안교실의 내실화와 활성화를 위한 '친한 친구 교실'도 함께 운영하고 있다. 아울러 연구학교 운영과제로 많은 학교에서 시행하고 있는 '또래상담제' 프로그램도 역시 큰 성과를 올리고 있다.

멘토제 운영 전문가들은 "나를 지탱해주고 격려해주며 응원해주는 인생의 스승인 멘토가 삶의 든든한 기둥이 되어준다면, 청소년들의 미래가 밝다." 면서 "1인 1희망 멘토제 운영을 통해 학생들로 하여금 도전적이고 적극적인 자세로 삶을 설계할 수 있도록 만들어 자신의 미래에 대한 꿈과 희망을 키워줘야 한다." 고 학교의 역할을 강조하고 있다.

이에 따라 전북교육청은 멘토링제를 통해 교직원들로 하여금 다양한 만남과 대화를 통해 청소년들의 바른 성장을 돕고, 지역사회에 자율적인 멘토링 문화를 정착해 보다 가치 있는 사회봉사활동으로 자리매김할 수 있도록 확대 추진해 나갈 방침이다.

전북교육청의 강력한 의지와 단위학교의 노력이 함께 어우러져 진행되어온 1인 1희망 멘토제는 청소년 문제 해결과 올바른 인성 함양에 나름대로 기여를 해왔다고 자부한다. 멘토제가 앞으로도 건전한 청소년상 정립에 중요한 역할을 담당해나갈 것으로 믿는다.

학교부적응학생 교육

전북도교육청은 한때 폭력서클에 가입했던 학생들을 대상으로 한 적응프로그램을 운영한다고 한다. 전북썸머힐이라고 이름 붙여진 이 프로그램은 전국 최초로 운영되는 것으로써 성과여부에 기대가 크다. 먼저 폭력서클 학생과 학교 부적응 학생들을 상대로 한 일종의 학교복귀를 도와주는 프로그램이라는 점에서 관심을 끌기에 충분하다. (중략)
이번 프로그램에는 대상 학생들뿐만 아니라 '에듀 닥터' (인성 주치의)

와 지도교사, 부적응학생 결연학생, 유명강사 등도 함께 참가하는 모양이다. 때문에 대상 학생들 스스로 부끄러운 마음이 들지 않도록 자상하게 배려를 하는 신중한 교육진행이 이뤄져야 한다. 이들 학생들은 얼마든지 미래의 꿈과 소망을 설계할 수 있는 신분이다. (중략)

비록 짧은 기간이지만 대상 학생들이 스스로 깨우치게 만들고 체험하는 교육이 이뤄짐으로써 학교생활에 잘 적응할 수 있는 계기를 만들기 바란다. 이번 프로그램이 만족할만한 성과를 거둔다면 앞으로도 더욱 연구·발전시켜 정기적인 교육프로그램으로 자리 잡도록 가꿔나갈 필요가 있다.

〈새전북신문 2005년 7월 2일자 사설 '기대되는 관심학생 적응프로그램' 요약〉

요즘 학교의 가장 큰 문제가 부적응 학생에 대한 대책이다. 이 학생들은 일단 학교가 재미가 없기 때문에 방황을 하거나 남을 괴롭힌다. 그 괴롭힘의 대상에 선생님이라고 예외가 아니다. 학교 교육 자체가 이 학생들 때문에 엉망이 되는 경우가 있다. 그렇다고 이 학생들을 우리 학교에서 안지 않으면 문제는 더 커진다. 정상적인 교육과정 운영 못지않게 대안교육이 절실히 필요한 이유이다.

전북교육청이 운영했던 에듀 닥터Edu-Doctor, 즉 인성 주치의단은 의사들과 학교 부적응 학생들을 결연하여 문제를 근본적으로 치유하고자 노력해왔던 사업이다. 전라북도의사회를 중심으로 신망받는 의사 70여 명이 학교에 적응하지 못하는 학생들을 위해 많은

체험하는 교육을 통해 학생들 스스로 학교생활에 잘 적응할 수 있는 계기를 만들어 줘야 한다.

노력을 기울였다. 부적응 학생들은 대부분 부모가 없거나 이혼으로 고통을 받고 있는 결손가정의 자녀이거나 게임중독 등으로 자신감이 결여되어 과잉 충동의 성격을 지닌 학생들이 많았다.

의사들은 멘토가 되어 부적응 학생들로 하여금 보람을 느끼는 생활을 할 수 있도록 이끌어주었다. 에듀 닥터 프로그램은 직접 만나서 인간적인 교류를 갖기도 했고, 사이버 전북 썸머힐(www.edu-doctor.com)을 통해 온라인 교류를 하기도 했다.

전북썸머힐Summer hill도 열었다. 전북자연환경연수원에서 개최된 썸머힐은 퇴직교원과 퇴직경찰 등이 참여해 진행된 탈학교프로그램이었다. 원래 썸머힐은 1921년 영국에서 설립된 것으로 학생들이 회의를 통해 규칙을 정하는 등 스스로 길을 찾게 하는 교육 프로그램을 운영하는 대안학교로 출발했다.

전북썸머힐은 에듀 닥터와 지도교사들이 참여해 '잃어버린 꿈과 희망을 되찾자'를 주제로 미래 유망 직업에 대한 특강과 정신교육 그리고 극기훈련과 다양한 체험학습 등으로 다채롭게 꾸며졌다. 부적응 학생들이 자신의 꿈을 찾아 학교 밖에서 교육을 접하는 가슴 벅찬 기회이기도 했다.

전북교육청의 이러한 노력은 국무총리실 직속 국가청소년위원회 주관 '지방행정기관 청소년정책 평가'에서 3회 연속 전국 최우수교육청으로 선정되는 영예를 가져왔다.

전북교육청의 부적응학생들을 위한 노력들은 위센터Wee Center와 위클래스Wee Class를 탄생시키는 배경이 되었다. 위센터는 위기상황에 노출된 학생들의 학교 부적응을 해소하고 중도탈락을 방지하고자 설립된 기관이다. 학교와 교육청, 지역사회가 긴밀한 협력을 통해 진단과 상담, 치료를 위해 마련한 전문적이고 종합적인 안전망인 위센터는 현재 전주를 비롯해 익산, 군산, 정읍, 남원, 순창 등 6개 지역에 개설이 돼 있고 앞으로 늘려나갈 생각이다. 전주교육청 위센터의 경우 개설 8개월 만에 개인상담 1,625건, 집단상담 547건, 학부모상담 256건 등 모두 2,428건의 상담을 하는 결과를 낳았다.

학교에는 위클래스를 설치했다. 교실수업 부적응 학생이나 교과

2009년 3월 전주교육청 위센터 개소식에서 축하 인사를 하고 있다.

별로 관심과 흥미가 떨어져 자신도 괴롭고 주변도 힘들게 하는 학생들을 분리 수용하고 재미있는 프로그램으로 학교에 적응시키기 위한 시설이다. 2009년 말 현재 65개 학교에 위클래스가 개설되어 있으며 점차 늘려나갈 계획이다. 위센터나 위클래스 모두 시설만 지원한 것이 아니라 전문직인 인력을 배치해 보다 체계적이고 치밀한 지도가 이뤄지도록 하고 있다.

또한 일시적으로 격리시킬 필요가 있거나 교육에 한계가 있는 학생들을 위해 '꿈누리교실'도 개설했다. 꿈누리교실은 학업중단 학생, 부적응 학생, 개인적인 특성에 맞는 교육을 원하는 학생들을 대상으로 체험학습, 진로교육, 상담교육, 치료교육 등을 전개하는

2008년 4월 전라북도교육청 꿈누리교실 개소식에서 관계자들과 박수를 치고 있다.

대안교육시설을 의미한다. 장학사 1명, 교사 2명, 전문상담교사 1명 등이 배치된 꿈누리교실에서는 학생들의 개인 특성에 맞는 대안교육을 2주간의 단기과정과 1개월간의 중기과정으로 나누어 운영한다.

무엇보다도 꿈누리교실 교육과정이 갖는 가장 큰 특징 중 하나는 전문가와 연계한 학부모 상담을 통해 부모와 자녀 사이의 이해를 도와주어 부적응 학생들로 하여금 학업에 눈을 뜨게 만들어 준 것이다.

부적응 학생들을 지도하기 위한 이러한 노력과 열정은 드디어 결실을 맺게 되었다. 경기도에 이어 두 번째로 2010년 3월 공립 대안학교인 동화중학교를 개교시킨 것이다. 정읍시 태인면에 폐교로 남아 있던 옛 태인여자중학교의 교사를 리모델링하고, 최신식 기숙사와 급식시설 등을 신축해 완공된 동화중학교는 전북의 썸머힐이 될 것으로 기대된다.

모든 인간은 태어나면서 인권을 갖고 태어난다. 그 중에는 평등하게 배울 권리도 있다. 일시적인 가정의 어려움이나 친구관계 그리고 한 번의 유혹으로 일생을 망쳐서는 안 된다. 그들을 학교가 껴안지 않는다면 갈 곳이 없게 되고, 절망으로 인해 나락에 빠지게 된다. 그렇게 될 경우 우리 청소년들의 미래는 정말 암담할 수밖에 없다.

요즘 사람들은 보통 자신의 자녀만 잘 가르치고, 자신의 자녀에게만 투자를 한다. 그런다고 자신의 자녀만 미래에 잘 살게 될 것이라고 생각한다면 커다란 오산이다. 인간은 어차피 사회를 이루면서 남과 어울려 살아가야 한다. 그렇게 볼 때 내 자녀들을 위해서라도 남의 자녀도 함께 키워나가야 한다. 전북교육청이 '우리자녀 함께 키워요' 라는 이름으로 진행해온 학부모 대상의 부적응 학생과 가정형편이 어려운 학생을 돌보는 프로그램이 엄청난 호응을 얻은 것도 그런 이유에서일 것이다.

참 한국인을 키우자

미래의 우리 인재들은 정체성이 분명해야 한다는 믿음에서 전북교육청은 '참한국인 체험학교' 를 운영해 왔다. 미래 인재들이 정체성이 분명하지 않으면 우리 고유의 문화나 가치로 생산한 것들이 경쟁력을 가질 수 없기 때문이다. 일반적으로 문화는 사회 구성원에 의해 오랫동안 습득, 공유, 전달되는 행동 양식이나 생활양식을 의미한다. 문화는 의식주를 비롯해 언어, 풍습, 종교, 학문, 예술, 제도 등 물질적 정신적 소득을 포괄한다.

조금 더 좁혀서 전통문화는 '한 민족에 의해 오랜 세월 지내면서 정착된 문화'라고 이야기할 수 있다. 다시 말해 그 민족만이 가지고 있는 독특한 생활상이나 유적, 결과물들을 통틀어 말하는 것이다. 그래서 우리 전통문화는 중요하다. 전통문화는 무조건 옛날 것만을 의미하지는 않는다. 전통이라는 것이 과거로부터 이어온 것들 중에서 미래 발전에 도움이 될 수 있는 것들을 말하기 때문이다.

'참한국인 체험학교'는 사이버시대와 글로벌시대에서 성장해가는 학생들에게 우리 문화의 정체성을 심고자 마련했다. 자칫하면 우리 학생들은 무국적 문화로 살아가기 쉽다. 가장 큰 장애물이 사이버문화Cyberculture이다. 사이버문화의 사전적 의미는 '통신, 엔터테인먼트, 비즈니스를 위해 컴퓨터들을 이용하는 문화'이다. 이를 쉽게 말해 인터넷문화라고도 한다.

그런데 사이버문화는 긍정적으로만 작용하지 않는다. 사이버공간에서 벌어지고 있는 상황을 보면 부정적인 면들이 훨씬 많다. 무엇보다 청소년들의 인성이나 가치관 형성에 지장을 줄만큼 심각한 문제점을 안고 있다. 문제점의 본질은 크게 두 가지로 요약된다.

미래의 인재들은 정체성이 분명해야 한다는 믿음에서 전북교육청은 '참한국인 체험학교'를 운영하고 있다.

첫째는 사람과 만나지 않고도 의사소통을 하거나 감각적으로 즐길 수 있는 무대면성(無對面性)이다. 사람과 대면하지 않고 생활하다 보니 공동체의식이 결여된다. 그래서 비인간적인 범죄에 쉽게 접근할 수 있고 더불어 살아가는 민주적 가치를 상실하기 쉽다.

둘째는 우리 문화에 대한 무지가 우려된다는 점이다. 우리 것의 소중함을 모른 채 국적불명의 문화에 젖어버리면 우리 문화는 경쟁력을 갖기 힘들다. 여기에 글로벌시대라는 시장 우선주의가 팽배해지면서 시장의 힘이 큰 선진 국가들의 문화가 우리 삶을 지배할 우려가 있다.

이런 문제의 심각성을 바탕으로 학생들에게 협동심과 문화 정체성을 심고자 마련한 프로그램이 바로 참한국인 체험학교다. 문제 해결의 핵심은 체험과 실천에 있다. 공동체 체험은 협동심을 기른다. 이것은 사이버의 비대면성을 극복하는 길이다. 또 더불어 살아가는 가치를 실현해 가슴이 따뜻한 인재로 성장할 수 있다. 아무리 훌륭한 지식을 가졌다 할지라도 자기만을 아는 이기주의자는 위험하다. 국가와 인류에 재앙이 될 수도 있다.

우리에게는 남을 배려하고 존중하며 서로 화합할 수 있는 사람이 필요하다. 참한국인은 우리 문화의 정체성을 분명히 하면서 우리 문화의 경쟁력을 확보하기 위해 필요하다. 그러나 전통도 중요하지만 국수주의에 빠지면 곤란하다. 다른 나라의 문화도 알면서 우리 문화의 장점을 파악하여 경쟁력 있게 키워나가야 한다. 그래서 참한국인의 성격을 규정하는 일이 중요하다. 참한국인은 우리 것을 바탕으로 경쟁력 있는 문화를 키워 나갈 줄 아는 인재를 말한다. 그런 인재가 국가의 미래를 책임질 수 있다.

전북교육청은 14개 지역교육청과 직속기관 별로 참한국인 체험캠프를 운영해 왔다. 학생들은 체험캠프를 통해 늘 만나는 학교 친구만이 아니라 지역의 동년배들도 또래집단으로서 소중한 친구라는 사실을 깨닫게 되었다. 그리고 재미없고 고리타분한 옛날 방식이 아니라 미래지향적인 전통문화를 체험해 세계와 견주어서 경쟁력 있는 문화로 가꾸어나갈 수 있는 자긍심을 고취시켰다.

지역교육청과 직속기관 그리고 예절교육 전문기관을 선정해서

독도사랑을 몸소 보여주고 있는 이리고등학교 학생회 학생들

보다 분명하고 확실한 정체성 교육을 받을 수 있도록 했다. 학생뿐 아니라 교원들의 연수도 강화해서 학교에서의 효의 실천과 예절 그리고 전통문화 교육이 이루어질 수 있는 기반을 조성했다. 매년 효(孝)와 예절교육을 전문으로 하는 3개의 교육기관에 각각 2개 학교씩 총 6개의 학교를 선정하여 전통문화와 예절에 대한 전문교육 프로그램을 제공하고 지속적으로 지도하는 방식이었다.

그 결과 전통문화에 대한 관심도가 높아지고 효와 공동체 의식의 중요성을 인식한 인성함양으로 학생 사안이 줄어드는 등 생활지도에도 긍정적인 성과를 거두었다. 또한 참한국인 육성을 위한 교육자료를 연간 두 가지씩 개발해서 학교현장에 보급했다. 참한국인 체험학교를 운영했던 학교의 사례들을 중심으로 만든 '우수사례집'과 '효실행 자료'는 일반학교에 보급되어 전통문화교육에 적용해나가고 있다.

단위 학교에서 이뤄지는 참한국인 체험교실은 현재 중학교 29개, 고등학교 83개 등 111개 학교에서 진행되고 있다. 대입시험을 앞두고 학교에서 생활하는 시간이 훨씬 많은 고등학생들에게 진정한 한국인의 의식을 심어주기 위해 고등학교에서 훨씬 더 많이 운영하고 있다.

우리의 미래는 지금 자라고 있는 어린 학생들이 이끌어갈 것이다. 그들이 어떤 방향으로 사회를 이끌어갈 것인가 하는 방향은 청소년기의 가치관에 의해 좌우된다. 청소년은 미래의 주역이라는 말이 있다. 나는 청소년들이 올바로 자랄 수 있는 문화정체성과 미래를 이끌어 나갈 문화 및 산업 콘텐츠를 형성해 나가는 길이 바로 참한국인 교육에 있다고 본다.

전북교육청이 추진해온 참한국인 체험학교는 인성교육의 장이기도 하고, 전통문화의 우수성을 바탕으로 미래로 나가는 활주로이기도 하다. 빌 게이츠William H. Gates나 스티븐 스필버그Steven Allan Spielberg만을 내세울 것이 아니다. 우리 역사 속의 장영실과 같은 주체성 있는 과학자나 정약용 같은 실천적 지식인을 아는 것도 매우 중요하다. 참한국인 체험학교는 그런 의식을 심고 인재를 기르기 위한 것이다.

학교폭력 제로화 운동

사회가 변함에 따라 과거에 없던 용어들이 생기곤 한다. 교육계에도 언제부터인가 '학교폭력'이라는 새로운 용어가 생겨났다. 학교폭력은 최근 들어 저연령화, 조직화되면서 심각한 사회문제로 대두되었다. 폭력은 인류가 사회를 이루어 살아오면서부터 존재해온 갈등 해결방식 중 하나다. 폭력은 언제나 사람들에게 불행과 상처를 주어왔다. 폭력은 결코 정당화될 수 없고 지양해야 할 양식이다.

전북교육청은 교육현장에서 폭력이 완전히 사라져야 한다는 원칙을 세우고 일선 지도교사들과 함께 학교폭력 예방과 근절을 위한 교육 강화 및 폭력제로화 운동을 펼쳐왔다.

학교폭력은 학교 안팎에서 학생들 사이에 발생한 상해, 폭행, 감금, 협박, 약취, 유인, 명예훼손, 모욕, 공갈, 성폭력, 따돌림, 정보통신망을 이용한 음란·폭력정보 등에 의해 신체적으로나 정신적, 또는 재산상의 피해를 수반하는 행위를 말한다.

과거에도 학교에서 학생들 사이에 사소한 다툼은 있었지만 지금처럼 심각하지는 않았다. 이제 학교폭력은 예방과 대책을 위해 법률이 만들어질 만큼 심각한 문제가 되었다. 특히 미래사회를 이끌어나갈 학생들이 교육을 받고 있는 학교에서는 폭력방지를 위한 치밀한 대책마련이 중요한 과제로 떠올랐다.

폭력이 교육현장에서 이처럼 크게 문제가 된 이유는 어디 있을까? 우리 사회는 고도정보사회로 발전하게 되면서 사람들 사이의 정서적 유대는 약화되었다. 이에 따라 서로에 대한 아낌과 배려보다는 자신의 이익을 앞세우게 되었다. 특히 아직 이성이 채 발달하지 못한 청소년들이 사이버상의 유해 환경에 자주 노출되고, 입시 위주의 교육 때문에 학생들의 감성이 메마르게 되면서 학교폭력은 심화되었다.

학교폭력으로 인해 마음과 육체에 상처를 입은 학생들이 학교를 떠나 거리를 배회한다면 우리 사회는 밝은 내일을 기대하기는 힘들게 된다. 전북교육청은 학생과 학부모 모두가 체감할 수 있는 안전한 학교문화를 정착하고, 학교구성원들이 포용과 관심을 가지고 서로 사랑하고 신뢰하는 학교문화를 조성하는 데 노력해 왔다.

학교폭력을 근절하여 안전하고 행복한 학교분위기를 조성해 학생 모두가 전인적(全人的) 성장을 도모할 수 있도록 학교폭력 제로화 운동을 실천해온 것이다. 학교폭력 제로화 운동은 학교구성원과 학부모, 지역주민 등 사회 구성원 모두의 노력을 이끌어내는 방향으로 전개되어 왔다. 학교폭력 예방·근절을 위한 교육 강화와 지원, 강력한 계도활동, 청소년지원센터 운영, 학교폭력예방 안전망 구축, 학교폭력 가·피해학생 선도와 치유프로그램 다양화, 학교부적응·고위기 학생에 대한 상담프로그램 활성화 등이 그것이다.

이 운동은 폭력 예방에 1차적 초점을 맞추었다. 먼저 학부모와 교직원을 대상으로 학교폭력예방교육을 20개 학교에서 실시했다. 학부모 대상 순회교육도 14개 학교 실시하여 학교폭력에 대한 인식 변

학교폭력예방정책자문단 회의(왼쪽)와 학교폭력예방 청소년선도위원단 발대식 및 위촉장 수여식.

화와 학교폭력의 심각성, 올바른 대처법, 상황에 따른 적합한 상담 기법 등에 대해 새로운 인식과 이해를 제고하는 데 큰 역할을 했다.

또한 학교폭력 예방교육이 다른 교육활동과 유리되어 효과가 반감되지 않도록 각종 문화프로그램을 운영했다. 학교폭력제로운동 춤판 6회, 해피스쿨 2회, 연극제 및 한마당 잔치 2회 등이 진행되어 학교 구성원들의 큰 호응을 이끌어냈다. 그리고 위센터와 위클래스를 설치하여 부적응 학생들의 정상적 성장을 도와왔다.

학교폭력은 학교현장에서 쉽게 눈에 드러나지 않는 속성이 있으며 학교나 학생에게만 그 책임을 지게 해서는 해결되기 어려운 문제이다. 이에 따라 전북교육청은 학교폭력예방을 위해 유관기관과의 지원 및 협력을 강화하여, 학교폭력 S.O.S지원단, 청소년선도위원단, 배움터지킴이, 학교폭력예방정책자문단 등을 구성 운영해 학

어린이 유괴·성학대 추방 범도민 캠페인을 하고 있다.

교폭력에 대한 총체적 접근이 가능하도록 하였다.

학교폭력 예방과 근절은 근시안적 성과 위주의 프로그램을 가지고는 해결할 수 없는 문제이다. 전북교육청은 앞으로도 학교폭력 예방 전담인력을 보강하고, 홍보와 예방교육을 강화하며, 캠페인을 지속적으로 추진해 학교 구성원들의 인식을 변화시켜 학교폭력을 제로화해 나가는데 주력할 방침이다.

우리의 미래는 지금 성장하고 있는 우리 학생들이 선도해 가야 한다. 그들이 어떤 방향으로 사회를 이끌어갈 것인가 하는 것은 청소년기의 가치관에 의해 좌우된다. 그러한 청소년들이 학교폭력에서 벗어나 구성원 모두가 포용과 관심으로 서로 사랑하고 신뢰하는 학교문화 조성을 위해 앞장선다면 우리의 교육현장은 더욱 밝고 환한 모습으로 변해갈 것이다. 학교는 학생들에게 '작은 사회' 이자 '진짜 사회' 로 나오기 이전의 준비 단계의 공간이다. 이 속에서 모든 학생들이 안전하고 서로를 존중하면서 폭력 없는, 밝은 학교를 만들어 가야겠다.

화해로 열어가는 통일교육

전북교육청과 진북겨레히나(상임대표 이강실)가 공동으로 추진한 '2008 북한 교과서용 종이보내기운동' 이 결실을 맺었다. 양 기관은 11일 오전 11시 전북교육문화회관에서 280톤의 북한 교과서용 종이 보내기 환송식을 가졌다. 이날 북한으로 보내진 280톤의 종이는 지난 한 달 동안 도내 학생, 교직원, 도민들을 대상으로 모금한 성금 1억 7천 600만 원과 도교육청의 대북 지원예산 1억 원 등 모두 2억 7천 600만 원으로 구입한 것이다.

이날 환송식에는 18톤 트럭 4대가 동원됐지만 실제로 280톤의 종이를 인천항으로 실어 나르는 트럭은 모두 16대에 달한다. 이날 출발한 종이 280톤은 13일 인천항을 출발하여 남포항을 통해 북에 전달된다. 도교육청과 전북겨레하나는 오는 27일 개성에서 실무 회담을 갖고 지원 물자에 대한 인도인수식을 진행할 예정이다.

도교육청 관계자는 "남과 북 사이에 꽁꽁 얼어붙은 얼음장을 깨고 북녘으로 향한 사랑의 종이가 훈훈한 화해와 평화의 바람을 불러 오기를 스위스의 사회학자 장 지글러Jean Ziegler의 『세계의 절반은 왜 굶주리는가』라는 책이 관심을 끌고 있다. 유엔 식량특별조사관이 아들에게 들려주는 기아의 진실이라는 부제가 붙은 이 책에는 '120억의 인구가 먹고도 남을 만큼의 식량이 생산되고 있다는데 왜 하루에 10만 명이, 5초에 한 명의 어린이가 굶어 죽고 있는가?' 라는 물음에 답을 주는 내용이다. 특별히 우리의 눈에 띄는 것은 북한의 기아에 대한 내용이다. 이 책에는 1995년부터 현재까지 북한에서는 200만 명 이상이 굶어 죽었고, 수백만 명이 만성적인 영양실조에 허덕이고 있다고 한다.

나는 교육은 사랑을 가르쳐야 한다는 믿음과 홍익인간의 이념이 우리의 아름다운 이상이라는 전제 아래 남북한 화해와 협력의 시대를 위한 통일교육을 전개코자 노력해 왔다. 북녘에서는 동족이 굶주리고 있는데 남녘에서는 비만으로 고민하는 학생들이 넘쳐난다. 나만 알고 돈만 생각하는 시대는 행복보다는 불행을 불러들인다. 끊임없이 사기와 절도, 폭력과 살인 등 범죄가 발생한다. 동족의 기아를 보고도 도움을 주려하기보다는 우리가 부담해야 할 문제만 생

청소년 통일 역사캠프에서 학생들과 통일에 대해 얘기 나누고 있다.

각하고 있는 사람들도 있다. 그러나 세계 유일의 분단국가라는 비극을 해결해야 하는 것이 우리의 숙명이다.

이러한 시대적 상황에서 함께 살아가려는 노력을 기울이게 하는 것이 교육이 담당해야 할 매우 중요한 일이다. 가진 자가 도와줄 수 있어야 하고 도움을 받는 자는 고마워할 줄 아는 세상을 만들어야 한다. 나는 각박해지는 세상에서 따뜻한 사회가 되도록 교육이 소중한 역할을 해야 한다고 생각했다.

전북교육청이 화해와 협력의 시대를 이끄는 통일교육을 전개해 온 것은 궁극적으로 남들이 갈라놓은 분단의 문제를 우리가 해결해야 한다는 믿음 때문이다. 콩 한 조각도 나누어 먹는 미풍양속이 우리의 전통이다. 이런 전통을 지속적으로 계승하여 발전시키는 일이 통일교육의 출발점인 것이다. 따라서 통일교육은 우리 조상들의 정신을 계승하는 일이며 널리 인간을 이롭게 하는 홍익인간의 이념에도 부합한다.

전북교육청은 북한 교육환경 개선을 위한 교육기자재를 지원하고, 남북 교육관계자 교류사업을 추진하여 왔으며, 체험과 참여를 통한 통일교육을 꾸준히 진행해 왔다.

경제가 어려우면 우선적으로 어린이들이 피해를 입는다. 북한에서는 남한에서 1960년대나 1970년대에 사용했던 저급한 종이로 인쇄된 교과서를 사용하고 있다. 우리가 풍족히 사용하고 있는 책이나 공책을 북한의 어린이들에게 제공할 수 있으면 좋겠다고 생각했다. 단지 북한에서 태어났다는 이유로 어린학생들이 제대로 된 교육혜택을 받지 못한다면 이는 미래의 한국을 위해서도 불행한 일이 아닐 수 없다. 이런 점을 고려해서 전북교육청은 성금 모으기를 통해 2006년에 334톤, 2007년 365톤, 2008년 280톤의 교과서용 종이를 북한에 보내 화해와 협력의 시대를 이끌어가는 선봉장 역할을 다해왔다.

또한 교육관계자들을 중심으로 매년 북한 교육시설을 참관하여 남북한의 이질감 해소에도 노력해 왔다. 남북교육이 서로 교류해 통일이 된 이후에 갈등이 될 수 있는 문제를 미리 알고 교육적인 측면에서 대비할 수 있도록 하기 위해서였다.

통일이 된 이후에 드는 사회적 비용을 우리는 더욱 현명하게 준

2008년 북녘 교과서용 종이보내기 환송식에서 참가자들과 함께 한반도기를 흔들고 있다.

비해야 한다. 우리의 전통을 주체적으로 고집하는 북한을 통해서 우리는 우리의 새로운 교육에도 도움을 얻을 수 있을지도 살펴야 한다. 교육관계자들의 교류는 서로를 이해하고 서로를 받아들이는 계기가 된다. 동족이라는 개념으로 만날 때 이해의 폭이 넓어지고, 유구한 역사를 자랑하는 우리나라의 정체성을 확인하면서 화해의 물꼬가 터지게 된다. 남북 교육자들의 만남은 통일로 가는 교육의 첫걸음이 된다는 점에서 매우 의미 있는 일이었다.

전북교육청은 통일 관련 행사를 다양하게 개최하여 동족에 대한 사랑을 실천토록 노력해 왔다. 생각에서 실천이 나오고 실천이 통일로 가는 지름길이 된다. 통일글짓기대회를 통해 통일에 대한 당위성과 필요를 생각하게 하고, 통일안보현장체험학습을 통해 대립과 갈등을 넘어 안보의식과 배려를 함께 공부할 수 있게 했다. 또한 전북교원통일교육 연수, 전봉준 역사캠프, 청소년통일 역사캠프 등으로 통일 한국의 원대한 꿈을 키우게 했다.

북한이탈청소년 현장체험학습, 북한이탈청소년 대학생멘토링사업 등은 오랜 동안에 걸쳐 형성된 문화의 이질적 속성을 이해하고 북한이탈청소년으로 하여금 우리 문화를 받아들이게 만드는 사업이다. 통일교육자료집 발간을 통해서는 통일 관련 행사를 많은 학생들에게 일반화하고자 노력해 왔다.

남과 북의 상반된 이데올로기는 외세의 영향 아래서 인위적으로 만들어진 것에 불과하다. 따라서 이데올로기는 영원불멸의 체제가 아니며 최근 세계의 흐름은 새로운 길을 지향하는 추세에 있다. 이는 남북한 통일이 가능한 이유의 하나이다. 아직도 가족이 흩어져 살고 있기에 인도적 차원에서라도 통일이 되어야 함은 분명하다.

우리가 추구하는 통일은 남북의 갈등을 최소화하는 것이다. 이를 위해 교류와 협력으로 상대방을 이해하고 보완할 수 있어야 하며, 기본적으로 상호간의 다양성을 인정해야 한다. 남북한이 앞으로 추구해야 할 점에 대한 교육이 매우 중요하다. 자유와 평등, 다원성에 대한 인정, 배려와 관용, 비폭력과 평화 등은 통일을 위해서도 인간의 행복한 삶을 위해서도 필요하다. 이것이 통일교육을 중시해야 하는 전북교육청의 교육관이다.

배려는 우리 민족의 아름다운 전통이다. 위대한 한국은 물질과 정신의 균형을 통해서 이루어진다. 갈등을 조화롭게 풀어나가는 사회가 아름다운 사회이다. 배려는 갈등을 화해로 이끌어주며 인간을 인간으로 대하는 사회를 만들어주는 원동력이다. 과거의 갈등은 풀어주고 화해의 악수를 내밀 줄 알아야 한다. 협력으로 나아갈 때 비로소 통일 한국은 위대한 국가가 될 수 있을 것이다.

제3부

푸른 학교
바른 교육

농산어촌학교 살리기

● ● ●

농산어촌 교육 활성화

학교는 농산어촌지역의 씨앗이라 할 수 있다. 교육과학기술부가 저출산과 이농현상으로 학생이 감소한 소규모 농산어촌학교의 폐교를 추진했다. 그러나 농산어촌학교는 젊은이가 농사를 지으며 자녀를 기를 수 있는 최소한의 생활기반 시설이다.

농산어촌학교 통폐합은 이미 1998년 김대중 정부시절부터 추진했다. 전라북도에서는 1998년부터 2000년까지 3년 동안 무려 100여개 학교가 문을 닫았다. 소규모학교 통폐합 정책에 따라 농산어촌교육은 급속히 붕괴되었고 이농현상은 더욱 가속화되어 농산어촌 황폐화를 부채질하는 결과를 가져왔다.

1998년 당시에도 교육감의 의지에 따라 지역마다 학교통폐합 비율이 달랐다. 전북교육청은 농도라는 지역상황과 여론을 고려하지 않고 통폐합에 앞장섰던 아픈 기억이 있다. 정부는 오로지 학생수 100명이라는 인위적 기준을 가지고 반강제적인 학교통폐합을 추진

학자로서 농업후계 인력조차 턱없이 모자라는 농산어촌현실을 바라보는 마음은 참으로 안타깝다.

했고, 전북교육청은 '시도교육청 평가 1위'에 매달려 오히려 적극
성까지 보였던 것이다.

선진국은 물론 국내의 많은 농산어촌학교들이 지역실정과 작은
학교에 알맞은 교육과정을 개발하여 교육의 질을 높여 존재의 의미
를 찾아가고 있음에도 불구하고 전북에서는 통폐합 정책에 적극 순
응해 농산어촌학교들은 하나 둘 문을 닫고 있었다.

나는 정부의 소규모학교 통폐합정책에 반대하여 학부모와 주민
이 동의하는 경우에만 통폐합을 추진키로 방향을 정했다. 인위적
인 통폐합 대신 작은 학교 활성화정책을 적극 추진했다. 농산어촌

에서 태어나고 농업경제를 전공한 학자로서 재임기간 농산어촌교육 활성화 정책을 가장 역점적으로 추진해왔다고 자부한다. 농산어촌이 발전해서 도농간의 격차가 줄어야 진정한 의미의 선진국에 도달할 수 있다고 생각했기 때문이었다.

무엇보다도 열악한 교육환경으로 인해 자녀들을 도시로 떠나보내는 농산어촌의 실정이 안타까웠다. 학생수 감소를 이유로 학교가 통폐합되고, 학교가 문을 닫자 농산어촌을 떠나는 사람이 늘어나는 악순환이 반복되고 있었다. 학업성취도 또한 현저하게 떨어져서 자녀 교육문제를 걱정하는 젊은 학부모들이 자꾸만 농산어촌을 떠났다. 학자로서 농업후계인력조차 턱없이 모자라는 농촌현실을 바라보기가 참으로 안타까웠다. 나는 이러한 농산어촌의 모습을 더 이상 바라보고만 있을 수 없었다.

농업을 살리려면 교육 분야에서 힘을 보태야 한다고 생각했다. 교육을 통해 농업이 살아날 수 있는 방안을 찾아야 했다. 식탁을 지키는 농업은 우리의 삶과 직결되는 문제였다. 학부모들이 마음 놓고 자녀를 학교에 보낼 수 있고 영농에 전념할 수 있도록 도와줘야 한다고 마음을 다져 먹었다.

도시지역은 학교 수업이 끝난 후에도 학습할 수 있는 시설이 많지만 농산어촌은 방과후에는 아무것도 할 수 없는 열악한 환경에 놓여 있었다. 농산어촌 459개 학교의 방과후학교 사업비 80여억 원을 투입한 것을 시작으로 교육시설지원 등을 대폭 강화해나가자 농

2009년 7월 입암초등학교 개축 준공식에서 관계자들과 함께 박수치고 있다.

산어촌학교들이 조금씩 살아나기 시작했다. 2010년에는 연중 돌봄 학교 39개교에 26억 5,000여만 원을 지원, 농산어촌학교의 실질적 교육기회를 보장할 계획을 세웠다.

　농산어촌 초·중·고생들에 대한 전면 무상급식을 추진하고, 114 개의 농산어촌 학교에 통학용 전세버스와 택시를 투입한 것도 농산 어촌교육 활성화를 위한 정책 중 하나였다. 또한 농산어촌 지역 18 개 학교에서 맞춤형 평생교육 프로그램을 운영해 지역주민들의 생 활문화 수준을 높이는데 주력해왔다.

농산어촌 초등학교 학생들의 학습준비물 예산 지원은 물론, 읍면지역 학교운영지원비 지원, 기숙형 고등학교 확대 운영, 도농간 교류학습프로그램 운영, 원어민 영어캠프개최 등 다양한 농산어촌 교육프로그램도 추진해 왔다.

또한 장기적으로는 유능한 교사들이 농산어촌에서 즐겁게 일할 수 있도록 법령손질을 통해 지원을 대폭 강화해 나가기로 했다. 농산어촌의 소규모 학교에 교사가 안정적으로 배치되면 방과 후에도 개별화 수업이 가능해 도시의 사교육을 능가하는 교육력을 발휘할 수 있을 것이다.

교육백년대계(敎育百年大計) 차원에서 농산어촌에 대한 지원은 '배려'가 아니라 농산어촌의 '회생'이라는 관점에서 투자를 아끼지 말아야 한다. 농산어촌의 발전의 성공요건이 바로 교육환경 개선에 있기 때문이다.

전국에서도 인구수가 적고 농산어촌 학교 수가 많은 전북지역에서는 조석으로 바뀌는 정부의 정책에 춤추기보다 전북지역 실정과 여건에 맞는 교육정책을 개발하고 소신껏 추진하는 진정한 지방교육자치가 어느 때보다 절실한 시점이다. 나는 재임기간 중 '농산어촌교육을 살려낸 교육감'이라는 얘기를 들었을 때 가장 보람을 느꼈다.

작고 아름다운 학교 육성

올해 초까지 부안군 보안면에 보안초등학교가 있었다. 이 학교는 4학급에 재학생이 모두 15명에 불과했다. 이에 학부모·지역주민·동창회·교직원 등이 의견을 모아 2010년 2월 인근 영전초등학교에 흡수 통합하기로 결정했다. 이후 6학급 55명 규모의 학교였던 영전초등학교는 보안초등학교를 통합해 학생수가 70여명으로 늘어나고 10억 원의 교육예산이 지원되었다. 이에 따라 영전초등학교의 교육환경은 크게 개선되어 도시지역 학교에 못지않은 교육경쟁력을 갖추게 될 것으로 기대하고 있다.

정부는 그동안 농산어촌 소규모 학교의 교육정상화라는 명분 아래 학생수 100명 이하의 학교를 대상으로 통폐합 정책을 강력히 추진해왔다. 소규모 학교가 급증하면서 초등학교 복식수업과 비전공 교사에 의한 수업, 중등학교 상치교과 운영, 또래집단 미형성과 선의의 경쟁 부족으로 인한 학업성취도 저하 등 교육력 약화라는 문제점이 나타나고 있었기 때문이다.

소규모 학교 학생 1인당 교육비는 보통 학교의 2~7배에 달해 열악한 지방교육재정으로는 소규모 학교 교육여건 개선 투자에 한계가 있는 것도 사실이다.

그러나 전라북도는 소규모 학교 통폐합을 학생의 숫자를 기준삼아 획일적으로 추진할 수만은 없는 상황이었다. 1991년 이후 전라북도에서는 모두 285개의 학교가 통폐합돼 농산어촌교육 황폐화는 물론 지역공동체 기반 붕괴로 이어졌던 경험이 있다.

전라북도는 학생수 60인 이하 소규모 학교가 전체 757개 학교 중 31.7%인 240개나 된다. 이중 93.7%인 225개 학교가 농산어촌지역에 있다. 학교가 농산어촌에서 차지하는 문화생활 거점으로서의 역할 등을 감안하면 무조건 통폐합을 추진할 수만은 없다.

이에 전북교육청은 학부모와 지역주민, 동창회 등의 의견수렴을 거쳐 '희망하는 학교'에 한해서만 통폐합을 추진해 왔다. 앞으로 2012년까지 통폐합 예정인 학교는 초등 26개, 중학교 11개 등 37개로 전체 소규모 학교의 5% 정도에 그친다.

통폐합 학교의 교육경쟁력 강화를 위해 본교 폐지와 통합운영에 10억 원, 분교 폐지에 3억 원, 분교장 개편에 2,000만 원을 지원하고, 도서관과 과학실 현대화 사업 등 부서별 지원사업도 통폐합 지역에 집중해 왔다.

또한 소규모 학교 중 50개 학교 정도를 '작고 아름다운 학교'로 선정해 행·재정적 지원을 강화하여 학생수를 늘리는 등 경쟁력을 키워왔다. 작고 아름다운 학교 정책에 따라 분교에서 본교로 환원된 학교도 생겨났다. 2005년 2월 임실 운암초등학교 마암분교가 마암초등학교로, 김제 원평초등학교 화율분교가 화율초등학교로 본교 환원되었다. 농산어촌 교육의 희망의 불씨가 지펴지기 시작한 것이다.

도농 교육격차 해소를 위한 작고 아름다운 학교 조성을 위해

2010년에는 13개 학교를 전원학교로 선정해 농산어촌 소규모 학교의 특성을 살린 다양한 교육과정을 추진토록 만들었다.

앞서 말했듯이 나는 취임 이후 농산어촌교육 활성화를 가장 중요한 교육정책으로 설정하고 다양한 정책들을 추진해 왔다. 농산어촌의 열악한 교육환경은 경제적 빈곤과 함께 이농을 부추기는 중요한 원인이었다. 최근 귀농을 희망하는 사람들이 크게 증가하고 있으나 낙후된 농산어촌의 교육여건이 큰 걸림돌이 되고 있다는 것을 유념해야 한다.

예산지원과 본교로의 승격뿐만 아니라 훌륭한 교사들이 일할 수 있는 여건을 마련하여 농산어촌에서도 양질의 교육을 받을 수 있도록 해주는 것이 앞으로의 과제다. '화율분교'는 부부교사의 헌신

적인 노력으로 학생들 모두가 가고 싶어 하는 학교, 학부모들이 진정으로 고마워하는 참된 학교로 거듭났다. 앞으로도 이들과 같은 교사들이 더욱 많이 나오도록 처우개선과 사기진작에 관심을 아끼지 말아야 한다.

사람 사는 곳에 학교가 없다면 공동체를 아우르는 구심점이 없어지게 된다. 농산어촌 지역의 학교들이 경쟁력이 없다는 이유로 획일적인 잣대를 내세워 통폐합을 거듭하다 보면 농산어촌 학교는 모두 사라질 것이다. 따라서 학생수가 크게 줄어 학교 감축 요구를 받고 있는 농산어촌지역의 교육여건 개선을 위한 노력이 어느 때보다 절실히 요구되었고 이를 위해 노력하는 교육감이 되었다.

농산어촌 교육 활성화사업은 도농 간 격차를 줄여 돌아오는 농산어촌, 도농이 함께 잘사는 건강한 사회를 만들자는 것이었다. 행정을 집행하는 측에서는 획일적인 기준으로 통폐합을 밀어붙이는 하향식 정책을 지양해야 하며, 농산어촌의 학교구성원들은 행정·재정적 현실을 인정하는 틀 안에서 지역현실에 맞는 다양한 통폐합 모델을 만들어가는 것이 소통과 협력의 정신에 합당한 자세다.

주민들의 여론을 최대한 반영하면서 지역실정에 맞게 다양한 대안을 제시하고 통폐합의 정형을 만들어 갈 때 '돌아오는 희망의 학교, 작지만 아름다운 학교' 로 발전하여 우리 농산어촌에 새로운 희망의 불꽃을 지필 수 있게 될 것이다.

교육과학기술부가 주관하는 전국 시·도교육청 평가에서 전라북도가 하위권으로 나타나곤 해 전북교육을 사랑하는 도민들의 가슴을 아프게 하기도 했다.

그러나 지역실정을 감안해서 농산어촌 소규모 학교 통·폐합 등에 적극적이지 않았던 교육감의 소신 때문에 어쩔 수 없이 하위권 평가를 받았다는 사실을 알게 된 도민들은 박수를 보내면서 격려해 주었다. 그때마다 나는 '아름다운 꼴찌'에 대한 자부심을 느껴온 것이 사실이다.

교육시설 및 환경 선진화

● ● ●

인텔리전트 클래스 룸 구현

전국 49만 1,370개 교실 가운데 37.5%는 냉방시설이 없어서 선풍기 등으로 찜통더위를 식히고 있다. 우리 전북의 경우는 냉난방 시설사업을 전개하기 시작한 2008년 이전에는 전체 학급 중 52%가 냉방시설이 부족한 것으로 집계됐다. 난방시설의 경우도 마찬가지다. 조개탄을 태우던 예전보다는 나아졌지만 추위를 이기기 위한 충분한 시설을 갖추지 못하고 있는 것이 현실이었다.

전북교육청은 열악한 교육재정에서도 초등학교 냉난방기 설치와 학교 승압공사를 실시해 왔다. 실내 적정 온도를 유지토록 함으로써 교수·학습여건을 개선하고 화재 예방 효과를 얻기 위함이었다. 초등학교를 대상으로 한 냉난방 시설 설치사업은 2009년 1,655개 교실에 72억여 원이 투입됐다. 올해인 2010년에도 108억 원을 더 투입해서 2,445개 교실의 냉난방사업이 진행되고 있다. 2009년에는 냉난방기 설치에 따라 전기용량이 부족한 49개 학교에 대한 승압시설 개선사업에 53억여 원을 투입했고, 2010년에는 49개 학교에 53억여 원을 추가 집행하고 있다.

냉난방 시설에는 많은 예산이 소요되어 재정 확보에 어려움이 뒤따른다. 그러나 전북교육청은 쾌적한 교육환경 조성으로 학습능률을 향상시키고, 유류 난방에 따른 화재의 위험을 예방하기 위해 초등학교 냉난방기 설치사업을 지속적으로 추진해 왔다. 내실 있는 공교육을 위해 열악한 교육환경을 개선하고, 우선순위를 따져 개선이 시급한 곳부터 과감한 투자를 펼쳐온 것이다. 전북지역의 학교와 교실도 명실공히 OECD 수준의 교육환경 조성으로 탈바꿈되고 있는 것이다.

녹색성장 녹색학교

녹색성장Green Growth이란 경제성장의 패턴을 환경친화적으로 전환시키는 개념이다. 석유나 석탄 대신 태양, 풍력, 조력, 수소 같은 청정에너지와 친환경 기술을 활용한 신성장동력을 통해 일자리를 창출하고 지속가능한 경제성장을 이루자는 것이다.

녹색성장과 맥을 같이하는 녹색학교Green School는 체험위주의 에너지 절약, 탄소배출 최소화, 친환경녹색공간화를 통한 탄소흡수 실천, 저탄소 녹색성장사회 등을 실천하는 학교를 말한다.

에코Eco란 '환경 또는 생태Ecology' 라는 의미에 '환경 친화적인 eco-friendly' 이라는 형용사적 의미도 포함하고 있으며, 환경을 표현

아토피친화학교의 친환경 황토 교실.

하는 접두어로 사용되기도 한다.

　에듀 에코Edu Eco란 친환경교육을 포괄적으로 지칭한다. 전북교
육청은 학교에 정원을 만들어 환경교육과 오염저감에 기여하는 친
환경 녹색학교사업을 적극 추진해왔다. 2008년부터 2009년에는 30
개 학교를 녹색학교 대상으로 지정해 16억 원을 지원했으며, 앞으
로도 녹색학교 조성관리 운영기준을 마련해 매년 15개 학교씩 늘려
나갈 계획이다. 학교 안의 유휴공간에 나무 심기, 야생화 가꾸기 등
녹색학교 조성으로 학생들의 정서함양은 물론 환경친화적인 가치
관 형성과 지역주민의 공동체의식 형성에 기여해 왔다.

　학교를 중심으로 저탄소 녹색성장에 대한 이해가 커지면 가정과 지역사회의 연계를 통해 모든 공동체가 저탄소 녹색성장에 대한 긍정적인 의식 변화를 가져올 수 있을 것이다. 학교와 가정이 연계해 저탄소 녹색성장을 위한 다양한 연구와 실천이 동시에 이루어져 저탄소운동을 생활화하는 성과로 이어져야 한다.

녹색학교의 의미는 매우 크다. 습관과 생활이 지구 환경변화에 미치는 영향을 인식해서 일상생활을 하면서 탄소배출을 최소화하고, 에듀 에코 환경 조성을 통해 우리 아이들이 환경의 소중함을 더 많이 알아가도록 앞으로도 노력해야 할 것이다.

에듀 에코 프로젝트

오염된 물과 공기, 독성화학물질, 그 밖의 여러 환경 유해인자들이 증가하면서 아토피 피부염과 천식, 소아발달장애 등 환경성 질환이 늘어가고 있다. 특히 아토피는 환자에게 큰 고통이 되는 것은 물론 가정경제에 부담이 되고 있으며 사회적 비용도 만만치 않게 늘어만 가고 있다. 이명박 정부 들어서 아토피 퇴치를 국정과제로 선정할 만큼 심각성을 인식하고 있다. 정부에서 환경유해 인자의 위해성 관리, 유해물질 규제, 실내 공기의 질 관리 강화 등의 각종 시책을 추진 중이지만 환경보건정책은 국민들에게 아직까지 생소한 영역으로 여겨질 뿐이다.

아토피질환은 최근 4년 사이 10배로 껑충 뛰어 어린이 10명당 3명이 앓고 있는 것으로 나타나고 있다. 2008년 보건복지부자료에 따르면 아토피 환자는 438만 명에 이르며 아토피 환자 1인당 연간 의료비 부담액도 431만 원이나 된다. 특히 아토피 환자의 70~80% 가 도시어린이라고 한다.

이에 따라 환경질환으로부터 어린이를 지켜내는 특단의 사회적 대책이 필요하다. WHO도 어린이들이 오염된 환경에 취약하지만 적절한 조치만 취한다면 대부분의 환경질환을 예방할 수 있다면서 환경개선 활동에 주력해 줄 것을 당부하고 있다.

이러한 시대적 흐름에 발맞춰 전북교육청은 진안군·전주대학교와 협력해 아토피예방을 위한 에듀 에코 프로젝트를 전국 최초로 진행해 왔다. 2008년부터 진안조림초등학교와 진안외궁초등학교를 아토피친화시범학교로 선정하고 건강한 생활습관 형성과 환경개선으로 학생들의 아토피 예방에 나선 것이다.

전북교육청은 이들 학교가 자연친화적 환경에서 치료와 학습을 병행할 수 있도록 교육과 치료프로그램을 운영해 왔다. 또한 아토피치유와 예방관리를 위해 보건교사와 식생활 개선 지도를 위한 영양교사를 배치했다. 여름방학에는 일반인을 위한 아토피 캠프도 열고 있다.

아토피친화학교는 황토벽, 소나무 바닥재, 친환경 칠판, 건습도 디지털 측정기, 편백나무 산책길 등 친환경 시설을 갖추어 아토피 피부염을 관리하는데 최적의 조건을 마련했다. 아이들만 보내기 어려운 가족을 위해서는 가족단위 주거시설까지 제공하고 있다.

2008년 3월 20일
아토피친화 시범학교 운영 지원 협약식
전라북도교육청 / 진안군 / 진안교육청

2008년 3월 아토피친화 시범학교 운영지원 협약식.

전북교육청은 이 두 학교 외에 2009년에는 정읍수곡초등학교를 아토피연구학교로 지정해서 운영하고 있다. 오염이 덜 되고 환경 친화적인 농산어촌 학교를 중심으로 매년 시군마다 1개 학교씩 아토피연구학교로 지정해서 아토피 치유를 위한 에코 프로젝트를 진행해 나갈 계획도 세워 놓았다. 앞으로 계획대로 진행만 하면 될 것이다.

화장실 환경 개선사업

1988년 서울올림픽과 2002년 한일월드컵 등 대형 국제행사를 여러 차례 치르고, 국민소득이 향상되면서 우리나라의 공중화장실 문화는 크게 개선됐다. 고속도로휴게소 화장실을 이용해본 외국관광객들도 깜짝 놀란다는 이야기는 이제 낯선 얘기가 아니다.

그러나 학교 화장실은 사정이 다르다. 화장실이 너무 불편해 고통을 호소하는 아이들이 한 둘이 아니었다. 학교에서 제 때에 용변을 보지 않고 참았다가 집에 와서야 용변을 보는 학생들까지 있다니 참으로 부끄러웠다. 그래서 2008년 제15대 교육감 선거 때 학교 화장실 개선사업을 적극적으로 추진하겠다는 공약을 내세웠다.

교육의 성패는 교육환경에 달려 있다 해도 지나친 말이 아니다. 공약 이행이라는 측면도 있었지만, 일찍이 했어야 할 일이었기에 2009년부터 화장실 선진화 사업을 본격적으로 전개했다. 우선 전주우전중학교와 김제월촌초등학교를 시범학교로 지정하고 2억 원씩 지원해서 노후화된 화장실을 개선하고 샤워실과 탈의실 등 학생 편의시설을 설치했다.

깨끗한 화장실을 만들기 위한 청소용역사업도 시작했다. 먼저 몸이 불편한 장애학생들을 위해 18개 특수학교에 1억 7,000여만 원을 지원했다. 뒤이어 411개 초등학교에 37억여 원을 지원해서 쾌적하고 위생적인 학교 화장실로 탈바꿈시켰다. 화장실 환경을 선진화해 학생들로 하여금 화장실 사용에 대한 심리적인 부담을 해소시켜 교육수요자의 만족도를 높여온 것이다.

2010년에는 시범학교 2개교를 선정해 화장실시설 지원사업을 진행하고, 청소용역 사업 대상학교도 624개 학교로 대폭 확대했다.

특수학교와 초등학교에서부터 시작된 화장실 개선사업은 빠른 시간 내에 중·고등학교까지 확대시켜야 한다. 중·고등학교 시기는 신체와 정서 발달이 예민한 사춘기인 만큼 학교에서 환경조성에 각별한 관심을 가져야 할 시기이기 때문이다.

전국 최초의 무상급식

• • •

무상급식의 점진적 확대

1970년대 이전에 초등학교를 다닌 사람들은 집이 부자였건 가난했건 학교에서 나눠주던 옥수수빵에 대한 기억이 있을 것이다. 옥수수빵은 6.25 직후 먹을 것이 없었던 우리나라에 미국이 잉여농산물을 무상원조한 데서 비롯되었다. 지금이야 학급당 학생수가 대부분 35명 이하이니 누구에게나 옥수수빵이 하나씩 돌아갈 수 있지만, 당시만 해도 학급당 학생수가 70명을 넘어섰기 때문에 하루걸러 한 개씩 배급되는 실정이었다.

옥수수빵은 선생님에 따라서 '당근과 채찍'으로 활용되기도 했다. 교실에서 떠들다가 반장에게 이름이 적히거나, 숙제를 해가지 않은 날에는 옥수수빵 맛을 고스란히 포기해야 했다. 반대로 어제 옥수수빵을 받았더라도 오늘 칭찬받을 만한 일을 하게 되면 옥수수빵을 부상으로 받는 행운이 주어지기도 했다. 1970년대 이후 우리나라 경제사정이 조금씩 나아져 하루 세끼 식사를 꼬박꼬박 챙길

전국 최초로 농산어촌 학생들에게 무상급식을 실시한 전북교육청.

수 있게 되었고, 1980년대와 1990년대를 넘어서면서 배고픔을 완전히 잊고 살 수 있게 되었다.

그런데도 1990년대 후반에 들어서면서 언론에는 선진국의 문턱에 들어섰다는 뉴스와 함께 매일 결식아동문제가 다뤄지고 있었다. 특히 IMF시기를 전후해서는 거의 매일 결식아동문제에 관한 뉴스를 접하면서 가슴을 저며야 하는 날들이 많아졌다. 가장들의 실직으로 가정은 풍비박산이 나고 점심은 물론 세끼 식사를 제대로 해결하지 못하는 경우가 허다했다.

저력 있는 우리 한국인들은 불과 5년이라는 짧은 기간에 경제위기를 극복해냈다. 덕분에 어지간해서는 밥 굶는 어린이는 없다고 자부할 만큼 경제사정은 나아졌고, 북녘의 동포들에게 식량과 비료를 지원할 수도 있게 되었다.

그러나 국가경제와는 달리 농산어촌의 교육환경은 갈수록 열악해졌다. 이농현상에 따른 학생수 감소로 통폐합 대상 학교도 점차 늘어났다. 이처럼 구조적인 문제를 두고 교육당국으로서는 해결해야 할 과제가 하나 둘이 아니었다.

괴테는 "눈물 젖은 빵을 먹어보지 않고서 인생을 논하지 말라"고 말했다. 온갖 가난을 극복해본 사람만이 성취의 참의미를 깨달을 수 있다는 말일 것이다. 나는 농산어촌교육을 살리기 위한 방안의 하나로 무상급식정책을 제안했다.

전북교육청은 2005년도 1학기부터 농산어촌 유치원과 초등학생을 대상으로 전국 최초로 무상급식을 실시했다. 2005년 3월 농산어촌 초등학생 2만 9,900명을 시작으로 2005년 6월에는 읍·면단위 공립 유치원생 2,895명, 2007년에는 농산어촌 중학생 1만 2,000명에게 무상급식을 실시했다. 시군 자치단체의 협조와 자체예산을 투입해 학생 1인당 연간 30만 6,000원씩 소요되는 이 제도를 2008년부터는 고등학생까지 전면 확대했다.

도시지역 소외계층 학생들에 대한 무상급식도 시행되고 있다. 연간 5억여 원을 투입해 2009년부터 도시지역 다문화가정 394명, 조손가정 415명, 새터민가정 4명, 장애부모가정 학생 501명 등으로 대상을 넓힌 것이다. 도시지역의 공립유치원 원생과 소외계층 및 다자녀 가정의 네 번째 자녀들도 이 혜택을 받게 되었다. 전북교육청은 2010년에는 도시지역의 공립유치원까지 확대 운영하였다. 2010년에 접어들면서 무상급식은 대한민국 사회의 주요 화두로 등장했다. 전면적 무상급식은 이제 시간문제일 뿐이다.

나는 전국 최초로 농산어촌 학생들에게 무상급식을 실시한 교육감으로서 무한한 자부심을 느끼고 있다. 논란의 여지가 없는 것은 아니지만, 나는 자라나는 학생들에게 무상급식을 실시하는 것은 복지국가의 기본적인 책무라고 생각한다.

학교에서 무상급식이 시행된다는 것은 우리나라가 일류복지국가의 대열에 합류하게 된다는 것을 의미한다. 또한 농산어촌과 지역경제 활성화에도 상당한 파급효과를 줄 것으로 예상된다.

친환경우수농산물 급식

전북교육청은 2007년부터 건강증진과 친환경농산물 소비촉진을 위해 50억 원을 투입해 430개 초등학교와 368개 병설유치원에 재학 중인 16만여 명의 학생을 대상으로 친환경쌀을 공급하기 시작했다. 2010년에는 고등학교까지 친환경쌀 공급을 확대해서 도내에 재학 중인 30만 명의 학생들은 모두 친환경쌀로 지어진 학교급식을 먹을 수 있게 되었다.

2009년 4,661톤에서 2010년 6,050톤으로 늘어난 쌀은 모두 전북 도내에서 생산된 친환경 쌀이다. 친환경쌀 학교급식은 농가소득에도 기여하고, 학생들의 건강한 식생활을 가능하게 하는 일석이조의 효과를 가져왔다.

한편 전북교육청은 학생들에게 안전하면서도 품질이 우수한 식사를 제공하기 위해 학교급식에 국산 위주의 우수농산물을 사용하도록 하는 방안을 적극 추진해왔다. 2010년에는 80억여 원의 예산을 투입, 친환경쌀뿐 아니라 전북지역에서 생산한 친환경우수농산물을 학교급식에 사용토록 했다.

특히 우리 농축수산물의 활용을 제도화하기 위해 22개 학교에서 육류 DNA 검사를 실시한 바 있다. 다행히 1개 학교에서만 표시위반 사례가 적발되었을 뿐 21개 학교에서는 정상적으로 운영되고 있는 것으로 나타났다.

또한 전북교육청은 2008년 11월 '학교급식 식재료의 품질관리기준 적용 예외기준'을 제정하고, 77개교에서 급식시설 현대화 사업을 추진하는 등 우수 농축수산물 식재료 사용을 위한 여건을 조성하는데 힘써왔다. 덕분에 전북 도내 학교들의 급식 수준은 질적인 면에서 전국 최고의 수준을 자랑하고 있다.

앞으로도 친환경쌀 학교급식 지원사업은 물론, 지속적인 식재료 유전자검사와 급식시설의 현대화 사업에 대한 지원을 통해 학부모와 학생들의 급식 만족도를 높이고 지역경제 활성화에도 기여해나가길 기대한다.

사교육비 최소화

• • •

학교운영비 지원

나는 교육감에 취임한 직후부터 의무교육 취지에 맞게 중학교 학교운영지원비를 교육청이 부담하는 방안을 추진해 왔다. 이에 따라 2008년부터 전라북도 읍면 지역 모든 중학생들이 학교운영비를 내지 않게 되었다. 전국 최초의 일이었다.

2009년에는 35억여 원의 예산을 투입해 읍면지역 126개 중학교의 학부모 부담 자녀 1만 2,212명과 도시지역 77개 중학교 저소득층자녀 1만 368명이 학교운영비를 내지 않아도 되도록 만들었다.

학교운영지원비는 학부모가 학교의 운영에 필요한 재정을 돕기 위해 내는 돈으로 과거의 육성회비와 같은 성격을 가지고 있다. 전북의 경우 2009년 기준으로 중학생들은 연간 10만 2,000원~23만 7,000원, 고등학생은 16만 9,000원~32만 1,000원을 내도록 되어 있다.

나는 선거 공약으로 내세웠던 농산어촌 학교 학교운영지원비 폐지 약속을 실천에 옮겼다. 먼저 읍·면지역 중학생들과 도시지역 저

저소득 소외계층 교육환경 개선을 위한
「IPTV 공부방」지원사업 협약식
2009. 8. 31(월)

2009년 저소득 소외계층 교육환경 개선을 위한 'IPTV 공부방' 지원사업 협약식.

전북학원연합회와의 정책간담회
일시 : 2009.12.15(화)   장소 : 전라북도교육청 종합상황실

2009년 12월 전북학원연합회와의 정책 간담회.

소득층 중학생들에 대한 학교운영지원비를 지원했다. 이로 인해 2010년 읍·면지역 중학생 1만 2,116명은 물론, 도시지역 중학교 저소득층 자녀 1만 368명이 학교운영비를 내지 않는 혜택을 보고 있다. 학부모들의 감당해야 할 경제적 부담을 35억 원이나 경감해준 셈이다.

전북교육청이 앞장서서 시작한 학교운영지원비의 지원제도에 대한 중요성을 정부도 뒤늦게 인식하게 되었다. 정부는 지원 대상을 단계적으로 확대해 2012년부터는 모든 중학생들에게 혜택이 돌아가도록 할 방침이라고 한다.

농산어촌 무료통학버스

도교육청은 올해부터 농산어촌 학생의 통학불편 해소와 농산어촌교육 활성화를 위해 33억 원의 예산을 편성해서 읍·면지역 초등학교 112개교에 통학차량을 추가로 지원한다고 발표했다. 결론부터 이야기하자면 참 잘한 결정이다. (중략)

도교육청은 그동안 시도교육청 평가에서 뻔히 하위권을 맴돌게 될 줄 알면서도 소신 있는 교육정책을 펼쳐왔던 것이 사실이다. 예를 들면 농산어촌 지역주민들의 교육편의를 위해서 정부가 강력하게 추진하고 있는 소규모학교 통폐합을 최소화하는 입장을 견지해온 것은 교육 자치시대의 소중한 결실이라 할 수 있다. 또한 전국 최초로 농산어촌 지역 전면 무상급식을 시행하거나 중학교의 학교운영지원비를 지원키로 한 것도 교육복지 실현의 작은 발로로 할 수 있다. (중략)

다만 의무교육기관인 중학교까지 통학차량이 지원되지 못한 것은 다소 아쉽기만 하다. 지역교육청 단위의 통학차량들을 학교별로 구분하지 않고 지역별로 통합운영을 하게 되면 농산어촌 지역의 초등학생과 중학생들이 모두 혜택을 입을 수도 있을 것이다. 한 술에 배부를 수는 없지만 운영의 묘를 살리는 측면에서 적극적 검토가 필요하다고 본다.

그럼에도 불구하고 학생들의 통학불편 해소, 현장체험학습 등 다양한 교육활동 지원, 자녀통학에 따른 학부모의 경제적·심리적 부담 해소 등의 효과를 가져 오게 될 통학차량 확대 지원 정책은 농산어촌 교육 활성화에 기여하게 될 것이라는 점에서 '참 잘한 결정'이다.

〈새전북신문 2009년 1월 13일자 사설 '통학차량 지원 결정 "참 잘했어요"'〉

도시지역과 달리 농산어촌에 거주하는 학생은 등하교에도 많은 어려움을 겪고 있다. 학생 감소에 따라 학교가 통폐합되면서 멀리 떨어진 학교에 다녀야 하는 학생들이 많이 생겨났기 때문이다.

전북교육청은 2009년부터 전국 최초로 농산어촌교육 학생들에게 통학차량 지원 사업을 시행해 왔다. 학교로부터 1km 이상 떨어진 곳에 사는 읍·면지역 초등학생들에게 통학차량을 제공해 원거리 통학에 따른 불편을 해소한 것이다.

2009년부터 시작된 농산어촌학생 통학차량 지원 사업에는 33억

무상급식에 이어 전북교육청이 최초로 실시한 통학차량 지원 사업.

원의 예산이 투자되었다. 118개 초·중학교에 전세버스와 통학택시를 지원해 모두 4,135명의 학생이 편안하게 등하교할 수 있게 되었다. 이 가운데 통학택시를 이용하는 학생은 18개 학교 218명에 이르는 것으로 나타났다.

특히 무주교육청은 관내 괴목초등학교 학생들의 통학불편 해소를 위해 버스 진입이 어려운 적상면 옥수동 마을의 진입로 개설과 회차 공간 마련을 무주군청에 요구해 성과를 거두기도 했다. 일선 교육청에서 농산어촌 통학차량 지원 사업의 본래 취지를 잘 살려 교육수요자들의 처지에 맞게 사업을 확대시켜 나가는 좋은 사례가 된 것이다.

농산어촌 통학차량 지원 사업은 원래 초등학교만을 대상으로 시작했지만, 학생들과 학부모들로부터 호평에 따라 인근 중학교까지 공동으로 이용할 수 있게 만들었다. 이로써 전북지역에서는 버스 운행이 불가능한 섬 지역 등 일부 학교를 제외하고는 사실상 모든 학교에 통학차량을 지원하고 있는 셈이다.

통학차량 지원 사업은 무상급식에 이어 전북교육청이 최초로 실시한 교육복지제도로 농산어촌학교의 활성화에 크게 기여해 왔다. 특히 학부모들의 교육비 부담을 줄이고 시간적 손실을 최소화한 우수교육 사례로 전국적인 벤치마킹의 대상이 되고 있다.

유아교육 지원 확대

전북교육청은 저출산에 따라 유치원 원아수가 줄고 있지만 유아교육 관련 예산은 대폭적으로 늘려왔다. 유아교육 기회의 확대와 유아공교육 체제 확립을 위해 일선 유치원에 대한 지원을 크게 강화해 왔기 때문이다.

어린 자녀를 돌보기 어려운 맞벌이 부부를 위해 연중무휴로 종일반을 운영하는 유치원에 대한 지원예산은 2008년도 25억 원에서 2009년도 45억으로 늘어났다. 또한 사립유치원 교사들의 근무여건 개선을 위한 처우개선비도 2008년 2억 5,000여만 원에서 2009년 11억여 원으로 대폭 늘렸다. 2010년에는 360개 공립유치원의 종일제 운영비로는 41억여 원을 투입하고, 사립유치원 교원 900명의 처우

유아교육을 공교육으로 끌어들여 교육 체계화가 이루어질 수 있도록 지원을 지속적으로 확대해 왔다.

개선비로는 25억 원을 지원토록 했다.

　이처럼 유아 관련 교육 예산을 크게 늘린 것은 공립유치원의 안정적인 종일제 운영 정착으로 학부모 만족도를 높이고 사립유치원 교사 처우개선을 통해 공사립 간의 양극화를 해소하기 위함이다.

　그동안 유아교육은 초·중·고등학교에 비해 체계성이 부족했던 것이 사실이다. 전북교육청은 유아교육을 공교육으로 끌어들여 교육 체계화가 이루어질 수 있도록 유아교육에 대한 지원을 지속적으로 확대하고, 유치원을 대상으로 평가를 실시해서 교육의 질적 수준을 높여왔다고 자부한다.

한편 전북교육청은 익산시 춘포면 오산리 구 춘포중학교 부지에 총 사업비 99억 원을 들여 전라북도 유아교육진흥원을 설립하게 된다. 2012년 완공될 예정인 유아교육진흥원에는 유아들의 언어능력 향상을 위한 언어탐구실을 비롯해 건강생활, 사회발달, 조형, 음률 등 다양한 영역의 실내외 체험시설이 들어설 예정이다. 또한 교사들의 연구활동 지원을 위한 연구실과 정보자료실을 갖추게 되며, 학부모를 대상으로 한 교육도 함께 진행할 계획이다.

현재 전국적으로 유아교육진흥원은 서울과 부산, 경남 등 세 곳에만 설립되어 운영되고 있다. 전북 유아교육진흥원이 건립되면 도내 유아들의 다양한 체험이 가능해져 학습발달은 물론 유아교육에 대한 공교육 체계를 확립하는 새로운 지평을 열게 될 것이다.

급물살을 탄 학교변화

• • •

교육시설의 획기적 개선

아련한 학창시절의 추억이 깃든 지난날, 학교는 그나마 반듯한 모습의 신식건물이었다. 슬레이트 또는 함석이 주택지붕을 덮었던 1950~1970년대에 듬직하게 자리잡고 있는 학교는 단연 돋보이는 건축물이었다. 지금으로 표현하자면 지역의 랜드마크였던 것이다.

넓고 정돈된 학교시설은 지역사회의 주요행사가 치러지는 장소로 각광받았다. 특히 많은 사람들이 모일 수 있는 운동장은 지금의 광장 역할을 대신했다. 한마디로 학교는 지역주민 네트워크의 구심적 장소였다. 나아가 대한민국 근대화와 산업화를 든든하게 지원한 요람이었다.

이런 학교가 하나 둘씩 세월에 기운을 빼앗겨 낡고 시들해지고 있다. 과거에 학교가 담당했던 지역 센터로서의 기능은 사라져갔다. 그러면서 우리들의 추억은 자라나는 세대들과 공감대를 형성하기 어려워졌다.

2006년 2월 지방교육재정 살리기 전북본부 출범식을 갖고, 포부를 밝히고 있다.

　신설학교를 제외하면 학교 밖의 교육환경과 학교 안의 교육환경
이 큰 차이를 보이고 있다. 소득이 향상되고 달라진 생활문화를 학
교시설이 따라가지 못했기 때문이다. 정부와 지방자치단체, 교육
청이 현대화 사업에 공동보조를 맞춰도 간격을 좁히기엔 부족한 점
이 많았다. 낙후된 시설로 인한 불편이 학습의욕을 떨어뜨린다는
지적도 대두되었다.

　교육과학기술부가 집계한 전국 초·중·고등학교 교실의 냉난방
시설 현황은 학교시설의 현주소를 보여주고 있다. 30% 이상의 교
실에는 냉방시설 대신 선풍기 등으로 더위와 싸우며 공부를 해야만
한다. 난방시설의 경우도 마찬가지다.

그뿐 아니다. 학생들의 커진 체형에 맞지 않는 획일적인 책걸상을 비롯, 재래식 화장실도 시급하게 개선이 요구되는 부분이었다. 화장실이 너무 형편없어 아이들이 학교가기를 꺼리기도 하고, 학교에서 제때 용변을 보지 않고 참았다가 집에 와서야 용변을 보는 학생들도 있었다.

이제 학교시설 개선은 더 이상 미룰 수 없는 과제가 되었다. 나는 교육감 취임 이후 전북지역의 교육환경을 우리나라 경제발전 속도와 발맞추기 위해 노력해 왔다. 2008년부터 쾌적하고 위생적인 학교환경 조성을 위해 화장실 선진화 사업과 청소용역을 시행해 왔다. 시범학교를 지정하여 화장실 비데설치와 샤워실과 탈의실을 설치했으며, 초등학교와 특수학교는 청소용역을 실시했다. 학교당 평균 청소용역원수는 2.5명으로 전국 16개 시·도 중 가장 많다.

인텔리전트 교실 구현을 목표로 냉난방시설, 교단 선진화 사업, 교직원 OA시설, 복지시설 확충도 주요사업으로 설정하고 있다. 과학실 현대화, 도서실 리모델링, 디지털 자료실 설치, 실험 실습 기자재 확충 등 학교 현대화 사업들이 지속적으로 추진되어 왔다.

교육환경은 교육의 성패를 결정짓는 중요한 요소다. 시대에 맞는 환경을 갖추는 것은 계절에 맞게 옷을 입는 것과 같다. 복잡한 교육현안들이 산재해 있지만 교육환경은 각별히 관심을 가져야 할 분야이다. 그런 점에서 교단선진화사업은 속도감 있게 추진되어야 한다.

내실 있는 공교육을 만들기 위해서는 교육시설 개선이 뒤따라야 한다. 교육예산의 현실화, 합리적인 환경개선 사업으로 최소한의 학습권은 보장해 주어야 한다. 개선이 시급한 곳에 과감한 투자가 있어야 공교육에 대한 신뢰를 이끌어낼 수 있다.

낙후시설 개선을 위해서는 재정확보가 우선이다. 전북도내의 지방자치단체들이 적극적으로 협조하고 있지만, OECD 국가라는 위상에 어울리는 학교시설을 갖추기에는 턱없이 부족한 상황이다. 그러한 의미에서 GDP 6% 수준의 교육예산 확보는 절실한 과제라 할 수 있다. 나는 교육을 사회적 문제로 인식하고 낙후된 교육시설 개선을 위한 상생협력이 절실하다고 생각한다.

반원형과 사다리꼴 책상

'사랑의 매'로 면죄부를 받았던 회초리는 체벌 논란 속에 교사들의 손을 떠난 지 오래다. 또 교육환경의 급격한 변화로 교탁과 칠판 사이에 놓여있던 교단도 교실에서 하나 둘씩 치워지기 시작, 이제는 시골학교에서도 찾아보기 힘든 골동품이 됐다. "교편(敎鞭)을 잡다", "교단(敎壇)에 서다" 등 직업인으로서의 교사를 상징하던 은유적 표현을 이제는 더 이상 사용하기 힘들게 됐다.

1970~1980년대 초등학교를 다녔던 학부모들이 자녀의 학교를 방문할 때면 적지 않게 놀란다. 우선 20~30년 전에 비해 학급당 학생수가 절반 가까이 줄어 콩나물 교실이 없어졌다. 책걸상과 칠판

도 예전과는 다르다.

교육여건 개선사업을 진행하면서 학교의 변화가 급물살을 타고 있는 현상이다. 학교 교실은 어떻게 달라졌을까. 전주서일초등학교 1학년 교실에서 가장 먼저 눈에 띄는 것은 아이들이 사용하는 책상이다. 책상은 직사각형의 정형화된 형태가 아니라 반원형과 사다리꼴 등 다양한 모습으로 제작됐다. 책상을 이동시켜 원하는 모양으로 재배치할 수 있도록 만들어 효과적으로 모둠 활동이 가능하도록 만들었다.

영상수업에 필요한 컴퓨터와 대형 TV, 비디오, 실물화상기, 스크린 등은 기본이다. 도서관과는 별도로 교실 한쪽에 학급문고를 마련해 아이들이 보다 쉽게 책을 접할 수 있도록 했고, 학습준비물을 넣어둘 수 있는 자그마한 사물함도 학생 숫자만큼 비치했다.

교단과 교탁은 1999년 개교 당시부터 아예 설치하지 않았다. 아이들의 눈높이에 맞춰 높이를 조절할 수 있는 이동식 화이트보드 white board를 설치한 것이다. 벽에 부착했던 푸른색 칠판을 비롯해 교단과 교탁은 첨단 IT기자재가 도입되면서 공간만 차지하는 애물단지가 되었다. 교실 벽면에는 아이들의 미술 작품이 빼곡하게 붙었다.

난로 위 양철 도시락이나 장학사 순시에 맞춰 양초 또는 들기름이 밴 걸레로 윤기를 내던 나무 복도, 상처투성이의 책상, 회초리를 맞던 교단은 어느덧 40대 이상 학부모들의 기억 속에서만 존재하게 됐다. 이제 하드웨어의 엄청난 변화 속도를 소프트웨어가 따라가고 있는지 점검해야 할 필요가 있다.

학교도서관의 변신

학생들이 공부를 하는 장소는 학교교실과 사설학원 그리고 집이다. 교실은 정규수업을 하는 곳으로, 사설학원은 학교교육에서 부족한 실력을 보완하는 곳으로, 집은 대부분 예습복습이나 숙제를 하는 곳으로 고정돼 있다. 그 세 공간에서 학생들은 다람쥐 쳇바퀴 돌듯 돌고 도는 것이다.

이러다 보니 정작 자신을 관찰하고 사색하며, 세계 역사와 문화를 이해하고, 자신의 관심 분야를 집중적으로 파헤칠 여건은 그리 마땅치 않다. 그나마 도립이나 시립 등 크고 작은 도서관이 일부 있기는 하지만, 대부분 학생보다 일반인의 이용률이 높아 학생들에게는 별로 유용하지 못한 게 사실이다.

그런데 학생들이 이용할 도서관이 전혀 없는 게 아니다. 바로 학교에 있다. 모든 학교에 도서관이 있는데도 정규수업 시간과 맞지 않거나 시설이 갖춰지지 않아서 이용하는 학생이 비교적 적은 편이다. 학교도서관이 학습공간이 아니라 책을 쌓아두고 보관하는 창고처럼 되어 제 기능을 다하지 못하고 있는 것이다.

이러한 현실을 개선하기 위해 새로운 변화를 시도해야 했다. 우선 몇몇 학교부터 도서관을 활성화하는 길을 모색하기 시작했다.

학교도서관이 개점휴업 상태의 박제된 공간이 아니라 학생들의 두뇌와 가슴이 살아있는 공간으로 거듭나기 위해서다.

장수초등학교는 교내 디지털 도서관 운영시간을 오후 9시까지로 늦춰 학생은 물론 학부모들에게까지 개방해 지역사회로부터 큰 호응을 얻고 있다.

아이들은 늦은 저녁시간에도 학교에 나가 과제를 해결하고 책을 꺼내 읽는다. 도서관 관리와 운영은 교장을 포함한 교사와 봉사활동을 희망한 학부모 도서위원들이 2~4명씩 순번을 정해 맡는다.

개점휴업 상태를 크게 벗어나지 못하던 학교도서관들이 속속 첨단 교육 문화공간으로 바뀌고 있다. 책을 쌓아두는 창고였던 도서관이 학생들이 즐겨 찾는 자기주도적 탐구학습 공간으로 거듭난 것은 학교도서관 활성화 사업이 가져온 성과이다.

초·중·고교 도서관을 교수·학습·문화센터로 구축해서 교육정보 종합 활용 공간으로 탈바꿈시키는 도서관 활성화 사업은 발 빠르게 진행되었다. 도서관이 없는 학교에는 새로 도서관을 만들고, 노후된 도서관은 리모델링을 통해 현대화시켰다. 뿐만 아니라 장서의 확충과 디지털화 등도 역점적으로 추진되고 있다.

도서관 활성화 사업을 통해 완주 고산초등학교와 전주 금암초등학교, 군산 지곡초등학교, 전주 남중학교, 전주중학교, 전주 해성중학교, 정읍 배영고등학교, 전주 신흥고등학교 등 88개 학교도서관이 현대화되었다.

리모델링을 통해 현대화된 학교도서관.

학교도서관 활성화 사업은 해마다 확대시켰는데, 시설만 현대화 시키는 것이 아니라 디지털도서관 구축사업 등 질적 수준 향상을 위한 노력도 병행해 왔다. 쾌적한 시설관리와 양질의 도서 확보 그리고 도서관을 전담하는 사서교사도 지속적으로 증원 배치해 왔다.

딱딱하지 않고 먼지 없는 운동장

TV나 영화에서 푸른 잔디에서 뛰어노는 외국 아이들을 볼 때, 우리는 언제쯤 저런 환경에서 아이들과 즐거운 시간을 보낼 수 있을까 부러워했던 기억이 있다. 과거에는 우리나라 축구 국가대표 선수들이 잔디구장에 대한 부적응으로 볼 처리가 미숙했다는 이야기가 회자된 적이 있다. 어릴 때부터 잔디 위에서 공을 찼던 외국 선수와 맨땅에서 공을 찼던 우리 선수들의 공을 다루는 기술이 차이가 날 수밖에 없다는 내용이었다.

맞는 이야기다. 훈련 환경이 실력에 영향을 끼친 것이다. 맨땅에서 운동하다가 무릎이 깨지게 되면 아무래도 다음부터는 운동장에서 활기차게 뛰어 놀기가 쉽지 않을 것이다. 무심한 어른들은 요즘 학생들이 운동할 줄 모른다고 질책하기도 한다. 마음 놓고 운동할 수 있는 쾌적하고 안전한 공간을 마련해주지 않으면서 말이다.

전북교육청은 2010년까지 22개 초·중·고등학교에 인조잔디운동장을 조성했다. 2012년까지 40~50개 인조잔디운동장이 더 조성될 예정이다. 교육과학기술부와 문화관광부가 학교체육 활성화 사업의 일환으로 자치단체와 공동으로 투자해 학교 인조잔디운동장 조성 사업을 진행하고 있다.

시설 활용도와 편의성, 접근성, 해당 지역 자치단체 재정자립도 등을 감안해 선정된 학교에는 교육과학기술부와 문화관광부가 70%, 지방자치단체가 30%의 예산을 부담해 인조잔디운동장을 만들어 주고 있다. 학교운동장에 식재되는 인조잔디는 기존 제품과는 달리 화상의 위험이 없고 인체에도 무해한 폴리에틸렌 재질을 사용한다.

녹색 옷을 입고 새롭게 등장한 인조잔디운동장은 흙먼지 날리지

2008년 10월 고창초등학교 인조잔디운동장 준공식에서 관계자들과 함께 축하 테이프를 자르고 있다.

않고 비 온 뒤에도 질척이지 않아 학생들이 쾌적하게 체육활동을 즐길 수 있다. 딱딱하지 않은 운동장에서 맘껏 뛰놀면서 땀 흘리며 웃는 모습을 보고 싶다던 꿈이 현실로 나타나기 시작한 것이다.

2012년 이후에는 조명을 갖춘 인조잔디운동장을 어디에서나 쉽게 찾아볼 수 있게 될 것이다. 낮에는 학생들이 활용하고 저녁에는 지역주민들도 활용할 수 있도록 개방된다. 인조잔디운동장은 학생들의 체력향상뿐만 아니라 지역주민의 여가활동에도 크게 기여하게 될 것으로 기대된다.

주민에게 문을 연 학교

2010년 5월 어느 날 밤 9시쯤, 전주평화중학교 운동장. 20여 명의 사람들이 운동장을 돌고 있다. 어떤 이는 초등학생 딸과 함께 나온 엄마이고, 어떤 이는 같은 아파트 이웃과 나온 주민이다. 인근 강당에서는 가끔 고함소리도 들린다. 배드민턴을 즐기는 사람들이다. 이 모습은 학교가 개교했을 때부터 자연스럽게 볼 수 있었던 장면이다.

요즘 학교시설들이 주민들에게 개방되어 삶의 질 변화를 주도하고 있다. 각종 스포츠 동호회가 학교시설을 중심으로 뿌리를 내린 지 오래되었다. 건강한 생활에 대한 관심이 높아지고 생활체육 인구가 급속하게 늘어나면서 확산은 빨라지고 있다. 퇴근시간 이후 배드민턴 라켓을 들고 근처 학교강당을 찾는 주민들, 저녁 시간에 학교운동장에서 가벼운 운동을 하는 모습은 이제 일상이 되었다.

체육시설뿐만 아니라 도서관, 컴퓨터실, 회의실, 소강당 등은 주민자치회 행사나 자치단체 사업의 지원시설로 활용되고 있다. 학교시설의 선진화가 일정정도 성과를 내면서 우수한 학교시설에 대한 수요가 따르는 현상이다. 특히 학교의 담장들이 없어지면서 지역민과의 거리도 그만큼 가까워지고 있다. 도심에 숨겨진 공간들이 공개되면서 그 공간을 향유하는 기쁨도 비례하여 생산되는 것 같다.

그러나 일각에서는 학교시설의 공유가 면학분위기를 해치고 학교의 특수성을 흔들어 바람직하지 못하다는 목소리도 있다. 학교를 개방하면서 학생 생활지도에 어려움이 따르고, 무분별한 외부 문화가 여과 없이 학교 속으로 들어올 수 있다는 우려 때문이다. 특히 시설물과 학교자산에 대한 관리감독에 위험이 따른다는 지적도 대두되었다.

그러나 지역주민의 학교시설 이용은 여러 가지 측면에서 긍정적인 면이 많다. 첫째, 학교와 지역주민과의 관계는 떼려야 뗄 수 없는 관계이다. 학교의 주인인 학생, 교사, 학부모가 모두 지역주민이며 학교시설은 그 주민들의 평생학습 공간이다. 학교는 학생들만을 교육하는 곳이라는 공간개념에서 탈피해야 한다.

둘째, 경제성과 합리성 측면에서 학교의 수준 있는 시설물들은 최대한 활용되어야 한다. 국민생활 수준에 걸맞은 복지시설, 공공서비스를 제공하기 위해서는 수많은 재원과 공간이 요구된다. 이것을 일시에 마련할 수 없는 현실에서 교육시설은 획기적인 대안이다. 지자체가 관리운영비를 부담하고 학교는 공간을 할애해 서로 상부상조하여 국가재정을 절약할 수 있는 장점이 있으며 더불어 주민들은 시간과 비용을 절약할 수 있다. 먼지가 쌓여 있는 학교보다 주민들의 밝은 미소가 흐르는 것이 더 바람직하지 않은가.

셋째, 교육문화 발전에 도움이 될 것이다. 이제 교육은 학교만이 담당할 수 있는 전유물이 아니다. 학교, 가정, 사회가 서로 소통하고 협력할 때 21세기 교육은 가능하다. 상대적으로 변화와 창조가

전북대학교 대운동장에서 열린 국민생활체육 전국초청족구대회.

체육대회 참가자들과 함께 줄다리기를 하고 있다.

빠른 사회문화가 학교문화와 접속한다면 우리 내부의 강화는 물론 혁신의 에너지로 승화될 수 있다.

교육시설의 수준을 한 단계 끌어 올리는 문제는 어제 오늘의 과제가 아니다. 장기적인 계획과 수요자의 요구가 신속하게 반영되어야 하는 복잡한 퍼즐 같은 것이다. 열악했던 전북지역의 교육환경이 조금씩 개선될 수 있었던 것은 전북교육청의 노력은 물론 지방자치단체들의 적극적인 협조가 있었기 때문이다. 앞으로도 교육재정 확보를 위해서는 교육공동체 모두가 손을 맞잡고 노력하는 자세가 절실히 필요하다.

두 마리 토끼를 잡아라

교육은 교실의 교사와 학생만으로는 어렵다. 교사와 학생이 중심이 되지만, 이를 지원하는 교육기관과 뒷받침하는 학부모가 기본적인 요소이다. 여기에 민간인이 참여하면 금상첨화다. 민간인이 참여한다는 방식은 직접적인 교육이 아니라 간접적인 교육이다. 즉 시설에 대한 투자와 공동운영의 방식이다. 바로 '함께 하는 교육'으로 거듭나는 선진 교육이 될 수 있는 바탕이다.

이와 같은 교육의 본질적 성격에 발맞춰 정부가 새로운 운영방안을 내놓았다. 매우 현실적이고 고무적이다. 정부가 사회기반시설에 대한 민간투자 활성화를 위해 민간이 공공시설을 짓고 정부가 이를 임대해서 쓰는 BTL방식이다.

BTL은 Build(건설)-Transfer(이전)-Lease(임대)의 약자로, 민간사업자가 자금을 투자해 시설을 건설한 뒤 공공기관에 소유권을 이전해 주고 향후 임대료를 받아 투자비를 회수하는 새로운 방식의 공공투자 사업이다. 사업자가 일정기간 임대료 수입으로 투자금을 회수하면 소유권을 해당 관청에 넘기게 된다. 교육청은 20년에 걸쳐 원리금 분할상환에 나서고, 업체들은 학교 부지에 주민 편의시설을 짓고 임대수익을 가져갈 수 있다.

BTL은 수익형민자사업(BTO)과 달리 큰 운영 수익을 기대할 수 없는 학교건물, 대학기숙사, 도서관, 박물관, 임대주택, 노인의료시설 등 공공시설 건설에 주로 활용된다. BTL은 정부의 재정 부담을 줄이고 민간 경기를 활성화한다는 큰 장점을 가지고 있다.

지방교육재정교부금 제도 변경에 따라 전북지역은 다른 시·도보다 교육여건 개선을 위한 투자가 더욱 어려워진 상황이었다. 때문에 전북교육청은 BTL사업에 적극적인 관심을 갖게 되었다. BTL사업이 추진되면 재원부족으로 보류되거나 지연되어 왔던 17개 초·중학교 교육환경 개선사업이 적어도 5년에서 10년 이상 앞당겨지는 효과를 얻을 수 있기 때문이었다.

전북교육청은 지은 지 35년이 넘어 노후 된 학교 건물에 대한 실태조사를 실시했다. 초등학교 264개, 중학교 89개, 고등학교 27개 등 380개 학교가 대상이 되는 것으로 나타났다. 전체 초·중·고등학교의 절반에 이르는 숫자였다.

2007년 1월 전주 마전초등학교 외 1개교의 신축 민간투자시설사업을 위해 지역업체와 BTL협약식을 갖고 있다.

　　사업초기 BTL사업이 채무부담 행위인지 의무부담 행위인지에
대한 유권해석이 명확하지 않아 전북도의회를 통과하지 못해 사업
진행에 애를 태우기도 했다. 다른 지역의 경우 이미 지방의회 의결
을 거쳐 사업기본계획이 고시된 상태였다. 우여곡절 끝에 2005년
의회를 통과한 BTL사업은 우선적으로 145개 초·중·고교 노후 건물
에 대한 증·개축부터 시작되어 2007년까지 3년 동안 진행되었다.
정말 어렵사리 추진된 사업이었다. 하지만 BTL사업으로 교육환경
눈에 띄게 개선되어 학생들과 교사, 학부모들이 얻은 기쁨은 매우
컸다. 지역과 함께 하는 교육, 이제 새로운 출발점에 서 있다.

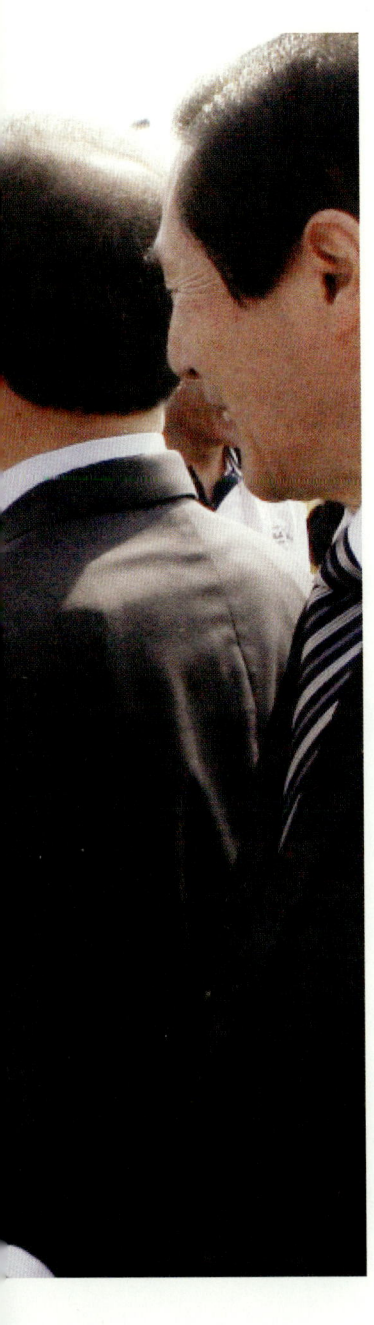

지역경제를 생각하다

학교 BTL사업은 지역의 기업이 교육환
경 개선에 참여하는 형태를 말한다. 지역기
업으로서는 좋은 기회이자 지역사회로서는
지역경제를 활성화하는 계기가 되기도 한
다. 지역교육기관과 지역기업이 손을 잡기
때문이다.

전북교육청은 BTL사업을 추진하면서 지
방 중소건설업체를 우대하는 방안을 적극
도입했다. 특히 민간사업자가 특수목적 지
주회사(SPC)를 설립해 운영하는 BTL사업에
도내 중소건설업체의 의무 참여비율을 40%
로 규정했다. 지역 건설업체의 참여비중이
높을 경우 가점을 부여하는 방안을 고려한
것이다.

이와는 달리 70억 원 미만의 소규모 공사
는 BTL사업에서 제외해야 한다는 건설 관련
단체의 주장도 대두되었다. 중소건설업체
들이 참여할 수 있는 소규모 공사들을 발주
해달라는 얘기였다. 전북교육청은 1개 학교
당 20~30억 원의 예산이 소요되는 학교 개

축공사를 재정사업으로 추진할 경우 단기간에 다수 학교의 노후시설 개선이 어렵다는 점을 설명하면서 지역발전을 위한 상생의 길을 찾자고 설득했다.

처음부터 그랬던 것처럼 BTL사업의 출발은 순탄치 않았다. 전북 도내 건설업체들은 사업성 결여를 이유로 참여를 꺼리면서 외지업체에 넘어가는 상황이 초래됐다. 도내 업체들이 학교 BTL사업에서 우선협상 대상자로 선정되고도 수지타산이 맞지 않는다는 이유로 사업을 포기했기 때문이다. 채산성을 이유로 도내 업체들이 참여를 꺼리는 현상을 보면서 안타까움이 컸다. 교육감으로서도 그렇지만 도민의 한 사람으로서 뭐라 말할 수 없는 답답함을 힘겹게 달래야만 했다.

민자사업에 대한 도내업체의 참여폭은 대폭 줄어들었다. 전북교육청이 처음 발주한 두 건의 BTL사업의 주관업체와 참여업체 10개 회사가 모두 전북지역의 기업이었던 것을 감안하면 큰 변화가 일어난 것이다. 나는 지역 중소건설업체를 위한 대책을 마련토록 지시했다.

이에 따라 지역 중소건설업체 의무시공 비율이 40%에서 49%로 높아졌다. 또한 지역 중소건설업체 참여 회사 수에 따른 가산점 부여 항목도 신설했다. 그리고 출자비율을 40%에서 20% 수준으로 낮춰 지역 중소건설업체들의 부담도 대폭 줄여주었다.

그러나 BTL사업은 계속 삐걱거렸다. 2007년과 2008년 BTL방식으로 추진해오던 일부 사업이 국가 재정사업으로 전환된 것이다. BTL사업의 재정사업 전환 요구는 전국적인 현상이었다. 그러나 정부의 재정부담 능력은 한계가 있었다. 2010년에 개교 예정인 학교들의 시설확보에 차질이 예상되었다.

이에 전북교육청은 민간투자사업 기본계획변경안을 신속 논의하여 전주 우림중과 오송중, 완주 둔산중 그리고 농어촌지역의 장애인 복지를 위한 남원시 이백면의 남원연화학교, 정읍시 과교동의 정읍푸른학교의 BTL사업 추진이 사실상 어렵다고 판단, 국가 재정사업 추진으로 전환해줄 것을 교과부에 건의했다. 국가재정사업으로 확정되면 긴급입찰 등의 제도를 최대한 활용하고 최신 공법을 동원해 개교일에 맞출 수 있기 때문이었다.

2005년부터 시행된 학교 BTL사업비에 물가변동이 반영되지 않은데다 초기투자비용 부담의 각종 리스크 등으로 지역업체들이 커다란 어려움을 겪고 있어 대책이 요구되는 건 사실이다. 학교 BTL사업이 민간자본을 끌어들여 좋은 건축물을 짓기 위한 것인 만큼 사업의 당초 목적을 살리기 위해서는 정책의 개선이 필요하다.

BTL사업 성공의 법칙

재원부족으로 보류되거나 지연되었던 일선 학교의 열악한 교육환경은 BTL사업을 통해 획기적으로 개선되었다. BTL사업은 교육재정이 넉넉지 않은 상황에서 교육인프라의 구축이 적어도 20년 정

김제용지중외 9교 임대형 민자사업 실시협약 체결
일시 : 2008년 3월 10일(월) 11:00　주무관청 : 전라북도교육청　사업시행자 : 전북김제학교사랑주식회사
컨소시엄 : 한국교육투융자회사, 우미건설(주), (유)거목종합건설, (유)성현종합건설, 한울종합건설(주), (주)우미토건, 티에스오앤엔(주), 금화엔지니어링(주)

2008년 3월 김제 용지중 외 9개교 임대형 민자사업 실시협약을 체결하고 있다.

도는 앞당겨질 수 있도록 긍정적인 기여를 했다.

　그러나 순기능만 있었던 것은 아니다. 장기적으로 보자면 BTL사업은 미래세대에 지속적인 부담요인으로 작용할 소지가 크기 때문이다. 따라서 일부에서는 학교 신설과 증개축 요인 발생 때 당 해년도 교육비 특별회계에 반영해야 한다는 지적도 대두되었다.

　수치로만 접근해보면 20년 동안 장기분할 균등상환 조건에 따라 매년 임대료를 상환해야 한다는 부담을 안게 되는 것이 사실이다. 따라서 BTL사업은 관리감독이 철저히 요구되는 사업이다. 사업체에 6%의 수익률을 보장하고 운영비마저 지급해야 하기 때문이다. 또한 BTL사업을 통해 신설된 학교들이 개교함에 따라 운영과정에 철저한 대비도 필요하다. BTL사업 관리에 대한 모델이 불분명한 가운데 업체의 사업포기와 운영상의 마찰이 예상되기 때문이다.

국가재정으로 시행되던 시설사업들이 단기간에 민간자본의 참여를 이끌어 진행하다보니 경험부족과 예상치 못한 문제점이 노출될 수 있다. 부동자금을 경기활성화에 끌어들인다는 취지로 추진되고 있는 BTL사업은 교육재정을 경기활성화에 이용한다는 우려가 있을 수 있다. 하지만 국가차원에서 경제운용의 효율성과 교육환경 선진화라는 두 마리 토끼를 잡을 수 있는 방안이라고 본다면 오히려 사업성공을 위해 지혜를 모았으면 좋겠다.

학교의 변신은 무죄

• • •

이제는 소프트웨어다

경제성장과 생활문화 수준에 맞는 교육환경을 조성하는 것 못지 않게 중요한 것이 수요자 중심의 만족도를 채우는 것이다. 정보화 기술, 사회교육의 성장으로 학생들은 다양한 경험과 매체를 통해 자신이 필요로 하는 교육 콘텐츠를 습득하고 있다. 그 범위와 속도는 매우 크고 빠르게 진행되고 있다.

전북교육이 초점을 맞추고 있는 것은 이렇게 변화무쌍한 지식정보화사회를 주도적으로 이끌어갈 지역인재를 어떻게 육성할 것인가 하는 문제이다. 바로 교육 콘텐츠다.

교육을 학교만의 문제로 인식하는 시대는 지난날의 이야기다. 지금은 학교와 사회, 가정이 협력하는 교육시대다. 그만큼 교육시스템이 상호연관성과 복합성을 띠고 있다는 이야기다. 다양한 요구와 차이를 어떻게 수용하고 대응하고 비전을 제시할 것인지 고민하지 않을 수 없다.

정책이 효과를 발휘할 수 있는 요건 중 하나는 제때 필요한 곳에 적용되어야 한다는 것이다. 버스 지나간 후에 달려간들, 가려운 곳이 어디인지 모른다면 정책의 실효성은 요란한 구호에 불과하다.

그런 점에서 전북교육청은 어느 때보다도 미래를 지향하는 다각적인 시도를 꾀했다. 지역특색과 요구에 따른 맞춤형 방과후학교, 건강과 교육이 만난 아토피 환경친화시범학교, 학생들의 개별능력 개발을 위한 미디어, 레포츠, 골프 학교 등의 특성화 교육과 섬진강 주밀 산골학당처럼 주5일제에 따른 변화에 발맞추는 노력을 게을리 하지 않았다.

이외에도 행정안전부와 전북디지털산업진흥위원회와 연계하여 게임 과몰입 학생 치료교육을 실시해 건전한 인터넷문화 형성을 도모하고, 통일시대를 대비한 남북교육교류를 위해 북한에 교과서용지 보내기 운동을 지속적으로 실시하고 있다. 주민을 위한 학교시설물 개방, 지역 평생학습센터의 활성화도 박차를 가하고 있다.

전북교육의 자랑이라면 시대변화와 교육수요자의 요구에 신속하고 과감하게 대응했다는 점을 꼽고 싶다. 작은 변화 하나 하나가 공교육의 신뢰를 만들어가는 밀알이 되리라 믿었기 때문에 소신 있게 밀어붙일 수 있었다. 물론 아직 해결해야 할 일이 많이 남아 있다.

교육환경이라는 하드웨어와 평생학습의 요람으로 거듭나는 교육콘텐츠를 생산하는 소프트웨어는 균형 있게 발전해야 한다.

학생과 학부모 모두의 만족도 전국 1위 수치를 기록한 전북의 방과후학교.

방과후학교 만족도 전국 1위

학부모는 물론 학생들의 방과후학교에 대한 만족도가 매우 높았다. 전북교육청이 지난 2008년 설문조사를 실시한 결과 방과후학교에 대한 만족도가 학생과 학부모 모두 79.17%에 달했다. 이는 전국 1위의 수치다.

조사결과 방과후학교 운영전반에 대해 학부모 81.73%, 학생 77.84%의 만족도를 보였다. 또 방과후학교가 학생의 실력향상과 소질개발에 도움이 되었느냐는 질문에 대해서는 학생의 80.75%, 학부모의 77.58%가 '그렇다'고 응답했다.

그러나 농어촌 등 소규모 학교의 경우 △프로그램은 다양한데

그에 비해 학생수가 적어 운영에 어려움이 있고, △외부강사 채용이 어려우며, △통학버스 시간이 맞지 않아 어려움이 있다는 현실적인 문제점도 나타났다.

전반적으로 학생과 학부모 모두 보충수업에 비해 특기적성교육 분야에 대한 관심이 낮고, 현직교사들의 업무 부담이 가중되고 있다. 유능한 현직교사의 참여를 유도할 인센티브 필요성도 제기됐다.

이와 같은 문제점을 개선하기 위해서는 어떻게 해야 할까. 첫째, 외부강사 채용이 어려운 소규모 학교를 위해서는 지역교육청별로 순회강사 채용을 지원하는 등의 대책이 필요하다. 둘째, 농산어촌에서는 자치단체나 기관, 인근 대학 등과 연계해서 협력을 통해 특색 있는 프로그램을 운영할 수 있도록 노력해야 한다. 셋째, 농산어촌에 위치한 소규모 학교의 경우 통학버스가 다니지 않거나 학생 수요가 반을 구성하는 데 부족한 것으로 나타나므로 학교버스 지원을 통해 활성화를 기대해야 할 것 같다.

넷째, 방과후학교 업무 담당자의 업무부담 경감을 위한 온라인 관리시스템 운영의 활성화와 업무 담당교사와 프로그램 참여 교사에 대한 인센티브를 제공하며, 다섯째, 농산어촌의 대학생 멘토에 대해 교통비를 추가로 지급하고, 다양한 사교육 수요의 학교 내 흡수 등이 필요한 것으로 판단되었다.

방과후학교는 사교육비를 줄이는 데 많은 도움이 된 것으로 조사됐다. 조사 대상 학생들 대부분 입시·보습학원에 다니거나 과외

특기적성 프로그램 등 다양하고 특색 있게 운영되는 방과후학교에서 학생들의 사진을 찍어주고 있다.

교습과 학습지 지도 등의 사교육비로 1인당 월평균 38만 원을 지출
했으나, 방과후학교를 다니는 기간 사교육비 지출액은 32만 원으로
줄어든 것으로 나타났다. 이는 방과후학교의 과목당 수강료가 평
균 3만 원에 불과해 학생들이 사교육을 받는 대신 방과후학교에 다
니며 부족한 과목을 보충했기 때문인 것으로 풀이된다.

　특히 소규모 학교가 많고 교육인프라가 부족한 농산어촌 지역의
방과후학교 활성화는 그 효과가 더욱 크다. 교육부가 투자해 실시
하는 전국 군지역의 농산어촌 방과후학교 지원사업에 도내에서 완
주·장수·순창군지역이 선정되어 군당 5~6억 원의 사업비를 지원
받았다.

농산어촌 방과후학교 운영모델 개발은 농산어촌교육의 다변화와 열악한 농산어촌교육의 대안으로서 성공해야 한다.

지역 교육청과 함께 초등보육과 특기적성, 중·고생 교과프로그램, 학부모·지역주민을 위한 평생학습프로그램, 다문화가정 자녀·학부모대상 프로그램 등 지역 여건에 가장 적합한 다양하고 특색있는 방과후학교 운영방안을 마련하여 농산어촌지역에 활력을 불어넣어 왔다고 자부한다.

지자체와 손을 잡아라

방과후학교는 학교 독자적으로 운영하기 힘든 경우가 많다. 기본적으로 학부모와 지역주민은 물론이고, 특히 지방자치단체와 손을 잡아야 한다. 손을 잡으면 두 배의 효과를 얻을 수 있게 된다. 전라북도에서 대표적으로 성공한 사례가 있다.

정읍 방과후학교 지원센터는 시너지 효과를 얻은 대표적 사례로 손꼽힌다. 이 센터의 특징은 통합이다. 그동안 학교와 지역사회에서 산발적으로 운영되던 방과후학교 관련 사업 중 유사사업을 통합 조정해, 사업의 난립을 막고 예산의 효율성을 가져왔다.

이 방과후학교 지원센터는 지역의 유관기관과 협력체제를 갖추고, 지역사회에 인적자원 네트워크를 구축하여 정읍시와 정읍교육청이 공동으로 운영하는 방과후학교의 질을 향상시키는 동시에 활성화에도 기여하고 있다.

여러 기관과 단체가 제공하고 있는 방과후 활동 서비스를 지원하여 다원적 네트워크를 구축한 방과후학교.

이 센터의 주요 사업은 방과후학교 수요분석, 지역단위 발전전략 수립, 지역내 인적·물적 자원 발굴, 단위학교와 연계, 자치단체 교육복지 예산과 교육청 방과후학교 예산을 연계한 효율적 투자 등이다. 또 방과후학교를 지역사회에서의 실업해소와 일자리 창출 등과 연계하여 문화체육관광부와 보건복지가족부 등이 펼치는 사업과 협력해 추진하는 방안도 모색된다.

지원센터에서는 초·중·고 특기적성교육, 각종 교육프로그램 개발과 보급, 우수강사 추천안내 등을 지원해 왔다.

방과후학교 수요자와 공급자 모두에게 필요한 정보를 제공하고, 여러 기관과 단체가 제공하고 있는 방과후 활동 서비스를 다원적 네트워크를 구축하여 지원해 왔다.

방과후학교가 지자체에서 하는 지역아동센터, 청소년아카데미 등과 유사한 사업이 많기 때문에 방과후학교 지원센터를 공동으로 운영하면서 사업이 훨씬 활성화되었다. 정읍 지역 시범운영 결과는 향후 지원확대여부의 기준이 될 것이다.

교육의 사각지대를 품다

방과후학교는 본래 사교육비를 줄이고 학습효과를 높이기 위해 실시한다. 그런데 자칫 공교육적 성격 때문에 또 다른 소외를 가져올 우려도 없지 않다. 이를 극복하기 위해 교육의 사각지대를 찾아 포함시키고 있다. 바로 보육 분야, 농어촌 분야, 장애 분야 등이다.

우선 보육프로그램의 경우 도내 초등학교의 80%까지 확대해 지속적으로 추가 운영해 왔다. 보육프로그램 확대는 보육교실 운영 활성화를 위한 정부의 지원과 기초자치단체의 관심이 맞아 떨어진 결과이다. 방과후학교 보육 프로그램을 운영하는 학교는 자치단체로부터 운영비를 우선 지원받을 수 있어 도내 초등 보육교실의 활성화와 자녀 안전 등 학부모의 부담을 상당 부분 해소시켰다.

방과후학교 보육 프로그램 운영시간은 학부모 퇴근시간인 오후 6시까지 연장하는 방안과 토요일, 휴일 그리고 방학 중에 운영하는 방안도 적극 고려하여 실시하였다.

보육프로그램에 이어 농산어촌에 연중 학습·체험·캠프 등을 운영하는 일도 방과후학교의 중요한 사업이다. 우선 시골 면단위 농어촌 지역의 열악한 교육여건을 개선하고, 도시와의 교육격차를 해소하기 위해 24시간 돌봄 프로그램을 도입했다.

돌봄학교란 365일 쉬지 않고 학습 프로그램을 제공하는 학교로 학기 중 학습·문화·복지 프로그램, 주말 체험·생태학습·봉사활동, 방학 중 돌봄교실, 영어캠프 등이 운영된다.

도내 시범학교는 △고창의 성송초, 무장초, 영선중, △무주의 적상초, 안성초, 부남초, 안성중, 부남중, △부안의 동진초, 우덕초, 행안초, 위도초, 백산중, 주산중, 보안중, △순창의 쌍치초, 시산초, 팔덕초, 풍산초, 구림초, 복흥중, △완주의 상관초, 상관중 △임실의 갈담초, 청웅초, △장수의 계남초, 번암초, 장계초, 산서중, △진안의 동향초, 부귀초, 안천초, 외궁초, 주천초, 백운중 등 8개군 31개면 38개 학교다.

프로그램 운영 모형이나 방법 등 세부 시행계획은 관계자 워크숍과 전문가 토론회 등을 거쳐 확정하여 실시하였다.

또한 장애학생 방과후학교에 대해서도 세심한 관심을 기울여야 한다. 일반 학교에서 공부하고 있는 장애학생들에게 자신들의 소질을 계발할 수 있는 특기적성교육과 치료교육을 병행할 수 있는 방과후학교 프로그램 운영은 의미가 크다.

전북교육청은 장애학생 교육을 전담하는 특수학교가 아닌 일반 초·중·고 20개교에 1학급씩 모두 20개 학급에서 장애학생들을 위한 방과후학교 프로그램을 도입했다.

장애학생 방과후학교는 특수교육지원센터가 설치 운영되고 있는 군산·정읍·김제·완주·고창 등 5개 시·군을 제외한 도내 9개 시·군 지역 학교에서 운영되었으며, 이 지역 일반 학교에 재학 중인 장애학생이 참여하였다. 장애학생 방과후학교 운영에는 전문강사 강사료와 운영비가 지원되었고 장애학생들은 무료로 공부할 수 있게 되었다.

장애학생 방과후학교에서는 종이접기·도예·사물놀이·요가·컴퓨터·수영·인라인스케이트 등 특기적성교육과 놀이치료·음악치료·미술치료·언어치료 등 치료교육 프로그램도 함께 운영되었다.

부분적으로는 보완할 점도 있었다. 방과후학교가 운영되지 않는 학교의 장애학생이 인근 방과후학교에 참여하기를 원하면 혜택을 받을 수 있도록 운송대책 마련 등이 필요했다. 장애학생 방과후학교는 학생들의 능력 개발은 물론 학부모들이 안심하고 자녀를 맡길 수 있기 위해서도 절대적으로 필요한 프로그램이기 때문에 앞으로 보다 많은 관심과 투자가 필요하다고 생각한다.

통합 운영 필요한 방과후학교

방과후시범학교가 부처별로 제각각 추진되고 연계체계도 미흡하여 업무의 효율성을 위해서는 유사 부서 간 업무통합이 이루어지는 것이 바람직하다.

현재 중앙부처의 방과후학교는 교육과학기술부가 주관하는 방과후시범학교와는 별도로 보건복지부의 지역아동센터, 청소년위원회의 청소년 방과후아카데미와 청소년공부방, 여성가족부의 방과후보육 등으로 나뉘어 있다.

중앙부처의 지원도 일원화되지 않은 상태다. 교과부와 전북교육청이 21개 학교를 방과후시범학교로 운영하고 있고, 보건복지부는 65개소의 지역아동센터(공부방), 청소년위원회는 5개의 청소년 방과후아카데미와 15개 청소년공부방, 여성가족부는 19개의 방과후보육시설을 지원하고 있다.

이렇게 5개의 정부기관과 단체가 지원하는 사업들은 대상자가 만 6세에서 17세까지의 범위에 있다. 주요 기능도 학습과 보호, 특기적성교육, 보충학습, 학습공간 제공 등 대체로 비슷하다.

그러나 기관들은 우수강사 확보나 프로그램의 활용 등에서 서로 연계성 없이 제각기 움직이고 있어 업무의 효율성을 높이는 데는 한계가 있다. 따라서 부처 간에 유사한 업무를 통합해 전문성을 높이고 정책추진의 효율성을 높여야 한다는 건 두말할 나위가 없다. 유아와 청소년들에 대한 방과후프로그램이 하루 빨리 통합 운영되

어 중복투자를 피하고 일관성 있는 보육과 교육프로그램이 운영되

어지길 기대한다.

특기적성을 살려라

● ● ●

다양한 교육콘텐츠의 필요성

성장기에 보고 들었던 행동과 말 한마디가 인생을 바꿔놓을 수 있다. 위대한 위인들의 일대기를 보면 그런 경우를 쉽게 접할 수 있다. 나는 중학교 때 국어선생님이 전해 주신 "상식선에서 무엇이든 생각하고 궁리해보면 답이 나온다." 는 말씀을 지금도 기억하고 있다. 인생의 고비마다 선생님이 전해주신 '상식'을 떠올린다. 감수성이 예민하고 세상을 알아가는 시기에 얻은 소중한 진언이라 그런지 살아오는 내내 머릿속에 남아있다.

'학교밖학교' 프로그램은 교실 밖의 다양한 이야기와 세상의 흐름을 학생들에게 전해주고자 하는 의도에서 기획되었다. 사회 저명인사들을 초청하여 삶을 배우고 우리 학생들이 그 분들의 꿈과 이상을 간접적으로나마 체험해 보는 기회를 갖는 것이다. 이를 통해 자신의 꿈을 키우는 데 작은 보탬이 되기를 바랐다. 딱딱하지 않은 분위기에서 편안하게 살아있는 세상이야기를 만나길 바라는 마음 간절하다.

'학교밖학교' 프로그램은 학교 본연의 역할과 기능의 보완을 통해 공교육 활성화를 기하고, 학생과 학부모가 만족하는 다양한 교육콘텐츠를 제공하기 위한 것이다. 테마를 정해 운영하겠다는 학교 60개를 선정했고 현재 학력신장과 인성교육과도 조화된 노력을 기울이고 있다. 우수학교에는 지원을 확대하고 있으며 우수사례집도 발간하여 보급했다.

이동하며 배우는 교과교실제

학생들의 성적편차가 크면 교사나 학생 모두 애로를 겪게 된다. 교사들은 수준을 맞춰 교육하는데 어려움을 느끼게 되고, 학생들은 성적에 따라 우월감이나 열패감을 느끼게 되기 때문이다. 특히 성격형성에 중요한 시기인 사춘기에 자칫 빗나간 인성이 형성되면 교육의 본질적 기능이 훼손될 수 있다. 따라서 이에 대한 대책을 마련할 필요가 있다. 그 방안이 바로 '교과교실제'이다. 모든 과목이 아닌 특정 과목을 지정해 학생들이 이동하면서 배울 수 있는 교육방식이다.

전라북도에서 실시하고 있는 '교과교실제'의 형태는 영어와 수학, 과학 등의 과목별 전용교실을 두고 학생들이 수업 시간표에 따라 교실을 이동하며 수업을 듣도록 하고 있다. 이미 미국과 유럽, 일본 등의 국가에서 실시하여 성과를 거둔 방식이다. 수준별 이동

수업을 근간으로 하며 교육과정의 자율적 운영이 가능하다. 전라북도에서는 2010년부터 36개 학교에서 교과교실제를 운영하고 있다.

전북교육청은 교과교실제를 지원하기 위해 186억 원의 예산을 투입하여 효율적인 수업에 필요한 각종 교육 기자재를 비치했다.

분야별로는 '과학·수학 특성화 지원형 학교' 는 물리실, 화학실, 지학실, 생물실 등 최소 4개 과학 교실과 2개의 수학 교실을 블록으로 만들어 과학·수학에 역점을 두고 교육과정을 운영한다. 과학영재고나 과학고처럼 과학 8개 교과와 과학 전문 과목 및 특별과목을 개설하여 과학과 수학 과목에 대해서 전체 학생의 40~50%까지 이수할 수 있는 과학중점고등학교도 운영할 수 있게 된다.

영어특성화학교에는 영어전용교실 두 곳 이상이 포함된 회화, 독해, 청취를 할 수 있는 영어블록을 조성하게 된다. 또한 실용영어 수업을 위해 영어수업 확대실시 등 교육과정의 자율적 운영도 가능하게 된다. 학생들이 이동하면서 자신이 원하는 과목과 자신이 원하는 수준의 수업을 선택해서 공부하게 된다면 학습 능률은 지금보다 훨씬 나아지게 될 것이다.

특색있는 학교만들기

완주 고산고는 '특색있는 학교만들기' 선도학교 가운데 하나다. 고산고는 "당당한 고산인 선도프로그램을 통해 즐거운 학교를 만든다." 는 목표 아래 TPFtrust, pride, fun프로그램을 추진하고 있다.

자기 리더십 프로그램을 운영해 학생들이 자아정체성을 확립할 수 있도록 하고, 도미노게임, 서바이벌게임, 연극놀이 등을 통해 성취의식을 키워준다. 또 원시방법으로 불 만들기, 투석놀이, 비석놀이, 성 쌓기 놀이 등을 통해 집중력을 키워주고, 해양 극기훈련, 리프팅 체험, 자신감리더 캠프 등 리더십 체험 프로그램도 운영하고 있다.

학교마다 전통과 특색이 있다. 시대가 학교문화를 낳고 학교문화가 아름다운 추억이 된다. 학교들은 저마다 자기 학교들만의 특색 있는 교육문화를 만들어 왔다. 오랜만에 만나는 동창들이 어울려 모교의 구호를 함께 외치며 느끼는 연대감도 학교문화의 하나라 할 수 있다. 자신들만이 공감하는 정서는 독특한 즐거움이 아닐 수 없다.

요즘에는 21세기의 트렌드에 맞춰서 새로운 학교전통이 생성되고 있다. 상급학교 진학률과 동아리 활동으로 대변되는 부모세대와는 달리 다양한 시도와 교육프로그램으로 색깔 있는 학교문화를 만들어 가고 있다. 고산고 등 6개 학교가 '특색있는 학교만들기' 선도학교로 지정돼 학교별 특색을 살린 교육프로그램을 운영하고 있는 것이 대표적인 예다.

전라고는 '가르치는 보람 배우는 기쁨 안심하고 맡길 수 있는 학교'를 모토로 SCS satisfaction, contentment, safety 맞춤형 교육을 실시하고 있다. 방과후학교와 체험활동, 동아리활동을 강화하고 자격증 경시대회도 갖는다. 또 논술구술능력 배양을 위한 소그룹 활동

방과후학교와 체험활동, 동아리활동 등을 통해 학생들은 폭넓은 배움의 기회를 얻고 있다.

을 펼치고, 폭력과 흡연, 휴대폰이 없는 3무(無)학교를 만들어 가고 있다.

전주솔내고는 '다양한 체험활동과 수준별 교육으로 꿈을 키워주는 학교'를 만들기로 했다. 독서 토론 쓰기의 단계별 통합교육을 실시하고, 마음씨 맵시 솜씨 말씨가 아름다운 4미(美)운동 실천을 통해 자기능력을 배양한다. 또 기초학력 부진학생 제로화, 우수학생 특별지도 등 맞춤형 특별지도 프로그램을 운영한다.

한국전통문화고는 '전통 지킴이 알림이 활동을 통한 창의적인 예술인 육성'을 목표로 실기능력 육성, 각종 경연대회 참여폭 확대, 연주회 · 작품전시회 등의 정기화 등을 추진하고 있다.

이밖에 정읍 배영고는 '국제교류를 통한 글로벌 문화체험'을 특색으로 원어민 영어회화 프로그램 등을 운영하고 있고, 정읍 호남고는 지역명문의 자부심을 회복한다는 목표로 무도, 1인 1악기, 정보, 교과 등 4품을 갖춘 명품인재육성을 추진하고 있다.

앞으로 이들 학교들이 보다 나은 성과를 거두게 되면 교육청 차원에서 별도의 지원책이 뒤따르게 된다. 독창적인 학교문화와 학교전통을 세우는 '특색있는 학교만들기'에 고등학교는 물론 초·중학교 등 더 많은 학교들이 참여해주길 기대한다.

열정과 도전의 현장

공교육 영역에 외부기관이 초청되어 사업을 추진하는 것이 생각처럼 쉽지 않다. 첫째, 익숙하지 않다. 일종의 고정관념이 둘 사이에 작용하는 것 같다. 교육계는 공교육시스템에 익숙하고 외부에서는 공교육 진입에 벽을 느끼고 있다. 둘째, 프로그램의 한계성을 말하고 싶다. 새로운 시도와 교류가 부족하다보니 다양하고 창의적인 콘텐츠 개발이 더딘 것이 사실이다. 그러다 보니 양쪽의 요구가 맞아 떨어지기가 어려운 것이 현실이다. 그러나 요즘은 변화가 느껴진다. 다양한 시도와 소통, 서로의 융합, 새로운 과제 돌출 등은 긍정적인 변화임에 틀림없다.

그런 점에서 대한주부클럽연합회 전주전북지회 소비자정보센터가 주관한 초등학생 소비자 교육은 시사해주는 점이 크다. 이 단체

초등학교 소비자교육을 위한 알뜰시장에서 책을 구입하고 있다.

에서는 지난 2008년부터 소비자교육지정학교(부안초, 남원 서원초, 김제 부용초, 임실 오수초) 교육을 시행해 오고 있다.

전북교육청이 후원한 소비자교육사업은 3개월간 소비자교육체험관 견학, 용돈기입장 작성을 통한 소비자교육, 소비·경제교육 도서읽기, 알뜰시장(나눔장터) 운영, 광고 바로보기, 소비자피해사례로 알아보는 소비자피해예방법 등 실생활에 활용가능한 다양한 교육프로그램들로 진행됐다.

교육은 정형화된 틀이 없다. 모든 것을 담을 수 있는 넓이와 깊이를 가져야 한다. 학교와 가정, 사회로 이어지는 공통의 노력을 통해 교육의 상상력을 더욱 키워나갔으면 한다.

더불어 살아가는 교육공동체

• • •

교사들의 연구회 활동

교육은 기본적으로 교실에서 이루어지는 게 가장 정상적이다. 하지만 과목에 따라, 교과내용에 따라, 수업방법에 따라 기존의 교육방식을 벗어나는 경우도 있다. 특히 교사들이 좀더 나은 교육을 위해 연구 토론하며, 그 내용의 적절성을 평가하기 위해 외부에 공개하는 일은 매우 고무적인 현상이다.

제자들을 잘 가르치기 위해 연구모임을 만들어 노력을 기울이는 교사들을 보면 박수와 함께 대폭적인 지원을 하고 싶어진다. 많은 연구회 중에서도 전북초등수업연구회는 정기적으로 회원과 학부모들을 대상으로 수업공개 활동을 실시해 전북 교단에 활력을 불어넣는 역할을 했다.

초등수업연구회는 국어과목의 창의성 개발학습, 과학과목의 ICT 활용, 국제이해교육을 위한 재량활동 등 '좋은 수업'을 위한 전략적 모델수업을 연구해 공개수업을 해오고 있다. 특히 재량활

전북초등수업연구회 회원과 학부모들을 대상으로 정기적으로 실시되는 수업공개 활동.

동을 통한 우리나라 민속춤 수업을 녹화해 국제이해교육 차원에서 향후 인도네시아의 '수디르말 초등학교'와 교류하기로 해 관심을 모으고 있다. 회원들의 열정적인 참여로 수업개선에 대한 공감대 형성과 수업혁신 의지가 정착돼 가고 있어 미래가 밝다고 느낀다.

　수업혁신 전략 프로젝트를 추진해온 도교육청은 최근 자생연구회와 지역교육청, 단위학교를 중심으로 교원들의 자발적인 '좋은 수업 만들기'가 확산되도록 분위기를 조성했고 수업 잘하는 교사가 우대받는 교육풍토를 조성에도 앞장섰다.

평생교육과 손을 잡다

학교의 유연화라는 표현이 적절한지 모르겠지만 요즘 학교의 변화는 다채롭다. 교문이 지역 주민들에게 활짝 열려 학교의 문턱이 낮아진 것이다. 문을 여니 운동장이 더욱 넓어졌다. '세상은 변했는데 학교 안은 그대로' 라는 말에 안타까움을 느꼈지만 공교육의 열린 노력이 학교에 대한 인식을 차츰 바꿔왔다고 확신한다. 담장도 없어져 학교의 커다란 나무그늘이 주민들의 쉼터로 이용되는 것을 볼 때면 입가에 미소가 지어진다. 이렇듯 학교는 우리 모두의 공간이 되고 있다.

학교가 지역문화센터 기능을 수행하기 위한 노력에 가속도를 내왔다. 현재 체육시설 개방은 74.0%, 도서관 개방은 68.5% 수준이다. 앞으로도 교육에 지장이 없는 범위 내에서 적극적으로 개방을 추진해 나가야 한다고 생각한다.

전북교육청은 시설사용료를 무료로 하거나 청소비 등 최소한의 비용만으로 주민들이 이용할 수 있도록 해왔다. 지금은 건강증진을 위한 학교체육시설과 자기계발을 위한 도서관 개방이 주가 되고 있지만 다양한 사업모델 개발에 따라 지역사회 및 학부모들과의 소통은 더욱 강고해지리라 예상된다.

도심공동화 학교의 남는 교실과 시설을 '평생교육센터'로 만드는 사업도 진행시켰다. 학교에는 전문가가 배치돼 미술 치료, 제과·제빵 등의 취업 교육과 한글, 수지침, 수영 등의 취미 또는 교양

제○○회 ... 2008. 2. 15(금). 10시 비안도초등학교

평생교육의 모범을 보여준 군산 비안도초등학교 평생대학 수료식. 최일광 교장 부부(뒷줄 양쪽 끝)의 헌신적인 노력으로 섬마을 까막눈 할머니들이 한글과 숫자를 깨우쳤다.

교육을 했다. 전북교육청은 프로그램을 이수한 주민을 학교수업의 보조자로 활용하는 방안도 추진했다.

평생학습에 대한 사회적 요구와 학교시설의 활용을 통한 지역 주민과의 교류 확대 차원에서 5개 영역으로 구분하여 운영했다.

지역사회와 연계하여 맞춤형 평생교육프로그램 운영(24개 학교), 학부모 및 지역사회교육 운영(13개 단체, 3개 야학), 지역과 함께하는 학교 운영(3개 교육청 9개 학교), 평생학습관 운영(14개 지역 공공도서관), 금빛 평생봉사단 운영(순회지원), 평생교육인프라 구축(평생학습도시 6개 지자체)으로 지역공동체 활성화를 통해 삶의 질 향상을 도모했다고 자부한다.

예전에도 학교는 지역문화의 중심이었다. 변변한 문화시설이 없던 시절에 학교운동장은 마을 전체의 야외영화관이었고 강당은 학예회라는 문화공연장이었다. 재해와 재난을 당했을 때는 공동의 집이고, 가을이면 온 동네 축제의 장이었다. 시대가 변해도 학교의 기능은 달라지지 않는다. 학교는 교육관계자들만의 공간이 아니라 지역구성원 모두의 공간으로 거듭나 더욱 더 사랑받게 될 것이다.

문화사랑방으로 변신

농산어촌 산간벽지의 초등학교가 학교도서관을 지역사회에 개방하여 문화혜택을 받지 못하는 지역 주민들의 평생학습 공간으로 거듭나는 곳이 있어 매우 흡족하다. 이 도서관은 농산어촌 지역의 실정에 맞춰 탄력적으로 운영해 주민들의 지식정보에 대한 갈증을 실질적으로 채워주는 등 마을공동체의 구심점 역할을 하고 있다.

농산어촌 지역의 경우, 주민들이 문화시설을 이용하기 위해서는 읍·면 소재지까지 나가야 하는 어려움이 있다. 하지만 교통편도 마땅치 않고 고된 하루일이 끝난 뒤 읍·면 소재지까지 나가기도 쉽지 않다. 그동안 농어촌 산간벽지 주민들은 도서관 등 문화시설의 혜택을 받기 어려운 삶을 살아온 것이다.

이런 상황을 극복하는 방안으로 학교마을도서관을 개방하여 해당지역 주민들이 방과후는 물론 야간에도 마을 내에 있는 집 근처의 학교를 찾아가 마음 편하게 독서를 즐기고 생활문화 서비스를 제공받는 등 공동체 문화를 창출해 나가도록 배려했다.

2010년에 학교마을도서관을 개방하는 곳은 △군산 발산초, 성산초, △익산 황등초, 삼성초, △정읍 칠보초, 이평초, 산외초, 대흥초, △남원 인월초 △진안 동향초, 외궁초, △무주 무풍초, 적상초, 부남초, △장수 장수초, △고창 고수초, 봉암초, △부안 동진초 등 모두 9개 시·군 18개 초등학교다.

이들 학교에는 각각 3,000~3,500권씩 모두 5만 4,000권의 도서를 지원해준다. 또 전라북도와 일선 시·군에서 2억 3,600만 원을 확보하여 학교당 600만 원씩의 시설보강비와 연간 720만 원씩의 인건비와 운영비를 지원한다. 이는 아무리 좋은 시설과 장서를 보유하고 있더라도 운영비와 인건비가 확보되지 않으면 제 기능을 하기 어렵다는 판단에 따른 것이다.

또한 전북교육청은 도서관사업 지원학교를 선정하여 매년 예산을 지원해 왔다. 이들 학교에는 공간 확장, 전자영상기기 도입, 냉난방 시설, 장서 확충 등의 다양한 도서관사업을 지원했다.

학생들의 독서운동 활성화를 통한 창의성 개발과 사고력 신장은 물론 지역사회의 독서운동 확산에 중요한 역할을 담당해 온 학교도서관사업은 지속적으로 확대 운영될 것으로 믿는다. 학교가 서서히 지역사회 문화사랑방으로 자리 잡아 가고 있는 것이다.

창의성 개발과 사고력 신장은 물론 지역사회의 독서운동 확산에 중요한 역할을 담당해 온 학교도서관사업.

함께 배우는 가족학교

익산 왕북초등학교는 가족과 함께 별을 헤는 '가족천문교실'을 진행해 눈길을 끌었다. 가족과 함께 별 헤는 밤 행사 일환으로 가족 천문교실을 열어 학생들에게 우주의 신비를 깨닫게 하고 우주시대 에 부응하는 진취적인 창의력을 개발하는 기회를 가졌다. 가족학 교 우수인증프로그램 선도학교로 지정돼 가족과 함께 푸른 천연잔 디운동장에서 별을 관찰하는 색다른 시간을 보내게 된 것이다.

학부모와 학생이 함께 배우는 경우는 드물다. 그동안 학부모의 역할은 자녀들의 교육을 위해 경제적으로 지원하는 것으로 인식되어 왔다. 물론 최근 들어서야 학부모가 자녀들과 자주 소통하고, 현장학습도 다니면서 함께 하고 있지만 아직은 미약한 수준이다. 어쩌면 학부모나 자녀 할 것 없이 가족이 함께 교육받는 기회를 기다리고 있는지도 모른다. 미래에는 그런 모습을 자주 볼 수 있을 것으로 예상된다.

전북교육청은 가족이 함께 하는 '가족학교'를 시범적으로 운영하고 있다. 가족학교는 내 아이의 학교에서 가족이 함께 체험학습을 하는 프로그램이다. 학부모는 자녀들과 교감을 나누며 학교에 대한 이해를 높이고 학생들은 유익한 프로그램을 통해 다양한 경험을 쌓을 수 있다.

교육은 가정과 학교의 유기적 소통으로 발전한다. 따라서 가정과 학교의 소통을 열어주는 매개체로서의 역할을 담당하는 가족학교는 매우 의미 있는 프로그램이라 할 수 있다.

2009년에 펼친 가족학교의 성과도 크다. 전주 서중학교는 학부모와 지역주민, 학교관계자들을 위해 초청강연회와 체험교실을 열어 호평을 받았다. 특히 '행복한 자녀와의 대화'를 주제로 한 특강과 천연염색 체험교실에는 400여명이 몰려들 만큼 인기를 끌었다.

전북지역 미술교사들이 실시한 염색 체험교실에 참여한 학부모들은 치자염색과 락홍염색을 체험했다. 참여한 학부모 가정에는 서예가가 직접 가훈을 써주기도 했다.

2009년 1월 학부모교육 전문가 과정인 '전북에듀칼리지' 1회 졸업식.

　또한 전북교육청에서는 가정교육과 학교교육, 사회교육을 통합하고 연계하는 학교교육 확장운동의 일환으로 학부모교육 전문가 과정인 '전북에듀칼리지(JB Edu-College)' 를 운영하고 있다. 전북에듀칼리지는 자녀교육이 성공하기 위해서는 가정교육이 뒷받침되어야 하며 가정교육의 주체인 학부모와 공감이 이루어져야한다는 인식을 바탕으로 진행되고 있는 학부모 재교육 프로그램이다.

　전북에듀칼리지는 부모교육 전문가 과정을 매달 두 차례씩 정기적으로 진행하고 있는데 14개 시군으로 확대하여 실시하고 있다. 그동안 학생교육은 많았지만 정작 중요한 학부모 교육에 대해서는 상대적으로 크게 신경을 쓰지 못한 게 사실이다. 나는 전북에듀칼리지 개강을 계기로 전북교육이 한 단계 발전할 것으로 기대한다.

부모교육 과정을 통해 교육자원봉사자들이 행복한 학교와 가정, 사회를 만들기 위해 적극 나서는 계기가 되었으면 하는 바람이다. 앞으로 학부모들은 다양한 가족학교를 통해 학교교육에 참여할 수 있는 기회를 가질 것이다. 가족학교가 학부모-교사-지역주민 간 신뢰구축에 도움이 되고 교육발전에 모두가 함께 정진하는 계기가 되기를 희망한다.

탁상행정에서 현장행정으로

경험이 많으면 앉아서도 천리를 볼 수 있다. 그만큼 경험이 소중하다는 뜻이기도 하다. 그런데 요즘 교육은 자고 일어나면 바뀔 정도로 시시각각 변한다. 평생교육이라는 말이 생긴 이유도 과거의 지식과 경험으로는 시대변화의 흐름을 따라갈 수 없기 때문일 것이다. 전북교육청도 그런 흐름에 발맞춰 가고자 노력해 왔다. 과거의 경험을 믿고 일을 처리하면 자칫 현장의 변화를 놓쳐 엉뚱한 결과를 가져오기 때문이다. 이른바 탁상행정을 현장행정으로 바꾸려는 시도였다.

학교 현장에 가보면 교육환경이 변화하는 만큼 하드웨어가 뒤따르지 못하는경우가 많았다. 특히 저출산과 고령화로 학생수가 날로 줄어들고 있는 상황에서 학교시설을 규모 있게 유지하는 일은 비효율적이다. 이러한 변화에 발맞춰 전북교육청은 창의실용과제

연구발표회를 가진 바 있다.

최우수상을 받은 '모두가 사랑하는 기특한 학교 만들기' 팀이 구상한 연구발표회 주제는 학교시설의 복합화였다. 평생교육이 강조되는 시대적 상황을 감안해 학교가 지역사회 공동체를 이끌어가는 구심체가 될 수 있도록 지역주민을 위한 문화와 복지기능을 강화하자는 것이다.

세부 내용을 들여다보자. 전주시내 북부권에는 도서관이 거의 없다. 학교도서관도 열악하다. 그래서 낡고 비좁은 조촌초등학교 도서관의 개축에 대한 아이디어를 제시했다. 전주시와 교육청이 50대 50 비율로 건축비를 부담하자는 것이었다. 학교도서관과 주민도서관을 복합시설로 지을 경우 전주시는 부지매입비 1억5천만 원을 아끼고, 교육청은 건축비 7억 원을 절감할 수 있다는 것이다.

생각을 공유하고 제안하고 수정하면서 공동의 목표를 실현하는 일은 참으로 즐거운 일이다. 혼자 막혀있는 문제에 직면해 한 발짝도 움직이지 못할 때 누군가의 한마디가 사고의 폭풍을 불러일으킨 경험을 가지고 있을 것이다. 현실적 어려움에 판단이 서지 않을 때면 특히 그렇다. 조금은 더디고 힘들지만 교육현장의 문제들을 이렇게 풀어간다면 못할게 없다는 생각이 든다.

또 '전주교육청 ACTION팀' 은 대기전력 차단과 화장실 절전을 통한 전기요금 절약을 과제로 수행해 우수상을 받았다. 학교 표준비중 전력요금이 5%를 넘게 차지하는 학교가 56%에 이르고 학교의 전력사용량과 전력요금이 해마다 증가하지만 학교는 방과후, 휴일, 방학 등 비교육 활동 시간이 다른 공공기관보다 많다는 점에 착안했다. 전주 만수초등학교를 대상으로 시범운영한 결과 평일은 15.5%, 휴일은 4%의 전기를 절약할 수 있었다.

또 '장수교육행정연구회팀'은 학교시설 예약시스템 도입을 제안해 우수상을 받았다. 주민들의 평생교육, 여가활동, 생활체육 등 문화활동 공간으로 사용될 수 있도록 '학교시설 개방 및 이용에 관한 규칙'이 제정돼 있지만 업무분장의 모호성, 행정업무의 과중, 시설물 훼손우려 등으로 학교개방을 꺼리고 있다는 문제점을 해소하기 위한 아이디어였다.

이렇듯 문제해결의 열쇠는 현장에 있다. 현장에는 살아있는 정보가 있으며 수요자의 직접적인 요구, 어려움을 호소하는 목소리도 있다. 좋은 아이디어가 성공하기 위해서는 적극적인 도입과 관리체계가 뒷받침되어야 한다. 우리의 상상력은 현실에 기반하는 것이기에 앞으로도 창의실용 연구발표회가 현장중심의 사업모델창출의 터전이 되었으면 한다.

진학난을 해결하라

● ● ●

농산어촌학교에 희망심기

전국적으로 이슈가 되고 있는 저출산과 맞물려 전북도내 농산어촌 교육의 현실도 어려운 형편에 놓여있다. 농도인 전북은 앞으로 2012년까지 5만여 명의 학생수가 줄어들 것으로 예측되고 있다. 전교생 60명 이하의 학교가 계속 늘어나서 현재는 230개 학교에 달하고 있다.

따라서 학령아동감소에 따른 대책을 시급하게 수립해야 한다. 저출산 원인 중에 교육비에 대한 부담을 크게 느끼기 때문이란 조사결과가 있다. 자녀 양육비 부담 완화를 위한 전사회적 노력이 절실하다. 학교신설과 학급증설의 완급을 고려하고 학교의 Edu-Care 기능을 확대하며 자치단체와 연계한 출산장려책도 마련되어야 한다.

우선 희망을 주는 농산어촌교육 실현을 위해 무상급식과 함께 학부모 학습비 경감을 위한 농산어촌중학생 무료 영어캠프, 읍면지역 중학교 보충학습비와 학교운영지원비 지원, 초등학교 학습준비물 지원 등 실질적 도움이 되는 교육행정을 구상하고 있다.

또한 학교군, 교육과정 벨트화, 선택교과 계절제 등 농산어촌학교 교육과정을 특성화해 작지만 경쟁력 있는 교육으로 농산어촌교육의 정체성을 확립해야 한다. 이를 위해 지역 사회의 문화, 인재, 자원을 활용한 '작고 아름다운 농산어촌학교 만들기' 운동을 지속적으로 전개해 나갈 것이다.

맞춤형 진로교육

청년실업 이면에는 고학력 자원의 양산이 있다. 전국의 대학에서 수많은 졸업자가 사회로 나온다. 그러나 대졸자의 일자리는 그렇게 충분하지 않다. 고등학교에 진학한 학생들의 경우 특별한 문제가 없으면 대학진학에는 별 어려움이 없다. 그런데도 대학들은 신입생을 유치하기 위해 많은 공을 들이는 아이러니한 현상이 벌어지고 있다. 학생정원 미달로 부실하게 운영되는 대학은 구조조정 대상이 되고 있다.

독일의 경우 대학진학률이 20%라고 한다. 우리나라는 80%이다. 왜곡된 출세관이 교육구조까지 기형적으로 만들고 있는 것이다. 오로지 대학을 위해 12년을 투자한 노력의 결과가 '기약 없는 구직자'라는 안타까운 현실을 보며 교육자의 한 사람으로서 자책감을 느낀다.

대학을 나오지 않아도 사회적으로 인정받고 자신의 능력을 발휘

시대에 맞는 직업교육 확산을 위해 운영방법을 다양화한 전문계 고등학교.

할 수 있는 균형 잡힌 사회, 우리 학생들이 자신의 꿈과 직업을 12년 동안 준비하여 진로를 선택할 수 있는 교육환경을 만들어 가는 것은 우리가 다음세대를 위해 늦추지 말아야 할 일이다.

전북교육청은 시대에 맞는 직업교육 확산을 위해 마이스터고 등 전문계고 운영방법을 다양화했다. 전라북도로 이전하는 기업들이 증가하면서 사업장에 필요한 인력도 많아졌다. 필요인력을 적절하고도 원활하게 공급하는 맞춤직업교육이 요구되는 상황에서 전라북도에 진출한 현대중공업과 두산인프라코어 등 산업체들과 협약을 통해 전문계 고등학교 활성화방안을 모색해왔다.

인문계 고등학교 진학정원 해결방안으로 국립 전북기계공고를

평준화 지역 고교 입학 배정을 위한 컴퓨터 초기값 추첨을 하고 있다.

도립 학교로 전환하여 인문계 고교로 개편하는 방안도 제시됐으나 전북기계공고는 교육여건이 우수하고 타 지역에서 입학생이 몰릴 정도로 정원확보에 전혀 어려움이 없다. 따라서 서해안 시대를 이끌 전문 기술인력 양성기관으로서의 역할을 포기해서는 안 된다는 입장이다.

또한 CEO양성 비즈쿨 창업교육 시범학교 운영과 공동 실습소 및 자영학과 운영 등 학교들만의 특성을 살린 프로그램을 지원해왔다.

인문계의 경우 선지원 후추첨 방식으로 실시되는 도내 평준화지역(전주·익산·군산)의 고교 입학 전형에서 학생들의 학교 선택권을 대폭 확대했다. 전북교육청은 과거 3지망까지만 허용됐던 선지원 학교수 제한을 풀어 같은 지역에 소재한 모든 일반계 고교에 지원할 수 있도록 했다. 이에 따라 지역별 일반계 고교를 기준으로 전주는 남녀 모두 11지망, 익산은 3지망(여학생 4지망), 군산은 4지망(여학생 3지망)까지 허용되었다.

평준화지역 일반계 고교 모집은 선발고사(180점)와 내신성적(70점)을 합산하는 방식으로 지역별 총 정원제에 의해 남녀 구분 없이 합격자를 선발하고 있는 것이다.

학급당 정원의 딜레마

일선 학교의 학급당 학생수는 점차 줄어들고 있지만 도시의 경우 아파트가 밀집한 지역에 위치한 중·고등학교의 학급당 학생수는 오히려 증가하는 추세를 나타내고 있다.

2006년 일반계고 신입생을 학급당 32명씩 배정했으나 2007년에는 34명, 2008년에는 37명으로 증가 배정했다. 2009년에도 신입생의 경우 학급당 37명이 배정되었다. 이는 전국 평균 35.1명에 비해 상당히 높은 수치라 할 수 있다.

2008년을 기준으로 일반계고와 전문계고를 포함한 전주시내 고등학교의 3학년 30.5명, 2학년 33.0명, 1학년 35.6명으로 저학년으로 갈수록 학급당 학생수가 많다. 전주시내 고교 평준화시험 합격자수를 늘리면서 학급수를 늘리지 못했기 때문이다.

이와 같은 사정은 군산과 익산 등 대도시의 인구밀집 지역 학교도 마찬가지다. 학급을 늘리려 해도 일선 학교에 수용공간이 부족해서 나타난 현상이다. 수용공간을 늘리면 되겠지만 2011년부터는 학생수가 줄어들 것으로 예상되기 때문에 재정투자도 쉽지 않다.

전북교육청은 부교육감을 위원장으로 도시와 농산어촌지역 중·고등학교장, 전교조와 교총 등 교육단체 등이 참여하는 '학급당 학생수 조정 자문위원회'를 구성해 매년 학급정원 조정안을 마련해 왔다. 도내 고교 입학예정자의 장·단기적 추이를 보며 조절하고 있지만 도시지역 정원의 감소폭이 그대로 농산어촌학교에 영향을 주기 때문에 조심스럽지 않을 수 없다

인문계 고교 입학 문을 넓혀달라는 교육수요자들의 요구를 받아들여야 하는지 아니면 농산어촌 교육 활성화라는 전북교육의 핵심정책을 밀고 나가야 하는지 딜레마에 빠지곤 한다.

고교 평준화지역인 전주·익산시의 중학교 졸업생과 인문계고등학교 입학정원의 불균형에 따른 고교 입학정원 조정문제는 어제오늘만의 문제가 아니다. 전주·익산지역 고교 진학에 실패해 주변 농산어촌지역 학교로 진학해야 하는 학생과 학부모들의 고충을 외면할 수 없는 실정이다. 전주지역 중학교 졸업생이 전주시내 고교에 진학하지 못한 학생이 2,600여 명에 이른다. 익산지역도 상황은 마찬가지다.

그렇다고 도시지역 인문계고 입학정원을 늘려줄 경우, 정원이 늘어나는 만큼 인근 농어촌 고교에서는 입학자원이 감소하고, 학급

감축과 과원교사 발생·교부금 감소 등으로 이어져 교육환경 악화와 지역사회 침체로 이어질 수 있다.

결국 전북교육청은 양측의 입장을 절충하여 입시부터 전주와 익산지역 인문계고교 학급당 정원을 소폭 증원하여 입학 문을 다소 넓히기로 했다.

전북교육청이 학부모들의 요청을 일부 수용하고 인근 농산어촌고교와 실업계 고교에 미치는 영향을 고려해 증원규모를 최소화하여 일단 기존학교 정원 증원에 따른 영향을 시켜보기 위헤서였다. 인문계고 모집인원이 증가한 만큼 외지로 빠져나가는 해당지역 학생들을 수용할 수도 있겠지만 인근 농산어촌지역 학생들의 도시 학교 진학 인원도 그만큼 많아질 것이다.

이렇게 도시 학생과 농산어촌 학교 모두를 만족시킬 수 있는 방안을 찾기란 쉽지 않다. 참으로 오랜 시간 고착되어 온 교육환경을 개선하는 데는 그만큼의 시간과 노력, 인내가 필요하다.

농산어촌 학교를 살린다는 명분으로 교육의 주체인 다수의 학생들이 고통을 당해서는 안 된다는 현실적 입장도 충분히 이해가 간다. 하지만 학교는 농산어촌사회를 떠받드는 버팀목이다. 학교까지 존폐위기에 놓인다면 농산어촌지역 공동화 현상은 걷잡을 수 없이 빨라질 것이다. 경쟁사회라고 해서 교육까지 경쟁논리 속에 방치한다면 농산어촌학교는 존립가치를 상실하고 말 것이다. 그래서 지역적인 배려가 필요한 것이다.

도시와 농산어촌지역 학생수급 불균형 현상 해소책으로 지역여건을 감안해 탄력적인 학급수 조정이 필요하다. 농산어촌에서 학생을 모집하는 일이 갈수록 어려워지기 때문에 농산어촌지역 고교의 학급당 정원을 평준화지역 고교에서 늘린 인원만큼은 줄여줘야 그나마 학급감축 현상을 막아 교육여건을 유지할 수 있다.

농어촌 학교도 이제 특성화해야 한다. 학생을 배분받으려 하지 말고 과감한 투자를 통해 학생들이 자발적으로 올 수 있는 여건을 만들어야 한다. 도시학교 입학에 실패한 학생들이 떠밀려서 들어오는 학교가 되어서는 곤란하다.

이러한 문제는 단시간에 이루어질 수 없는 일이기에 농어촌 학교에 대한 비전을 만드는 데 교육가족 모두의 노력이 필요하다. 지금은 텅텅 비어 있는 교실이지만 도시인들이 언젠가 몰려와 학교문을 두드릴지 모르니 잘 가꾸고 보존해야 한다. 귀농인구가 늘어나는 것을 보면 그날이 그렇게 멀게만 느껴지지 않는다.

고교 방과후 맞춤형 프로그램

전북교육청은 전북도 및 일선 시군과 공동으로 인문계 고교생을 대상으로 '방과후 맞춤형 교육프로그램'을 시행하고 있다. 맞춤형 교육 프로그램은 자치단체가 수월성 교육을 지원해 지역 대표인재를 양성하겠다는 취지로 시행하는 사업이다.

도내 인문계 고교생 가운데 상위권 학생 2,000여 명을 선발하여

각 시군의 거점학교에서 국어와 영어, 수학, 논술을 별도로 지도하는 방과후 맞춤형 교육이다. 공개모집을 통해 선발한 수도권의 유명 강사와 일선 학교 현직교사 등 100여 명을 초빙해 명문대 진학을 목표로 평일야간과 주말, 방학 때 특강을 하고 있다. 선발된 학생들의 학력편차를 반영해 우열반을 편성하고 수준별 이동수업을 한다.

사업비는 도교육청 교육비 특별회계에 반영하고 거점학교 선정과 운영도 도교육청이 주관토록 하여 운영방안을 체계화했다. 또한 학생들의 출석률을 높이기 위해 각 지역 고교의 시험기간과 자체 행사 등 학사일정을 통일하고 야간 통학차량을 운행한다.

하지만 이 같은 사업은 일선 학교에 학원식 특강을 도입해 지자체가 공교육의 부실화를 부추기고 실업계나 인문계 대다수 학생을 배제해 형평성에도 맞지 않는다는 지적도 있다. 반면 해당 지자체들은 수도권 등과 비교해 교육환경이 열악하기 때문에 지자체가 우수 인재 양성을 위해 지원하는 것이며 실업계나 농어촌 고교도 특성에 따라 지원하는 만큼 형평성을 제기하는 것은 적절하지 않다고 말한다.

따라서 교육청이 관리감독을 철저히 해야 한다. 교육이 미래인 전북에서 인재육성은 핵심사업의 하나이다. 다른 지자체들이 쏟아붇는 물량에 비교하면 오히려 부족함도 느끼게 된다.

변화와 혁신은 도전과 창조에서 찾을 수 있다. 기회와 여건이 되지 않아 하고 싶어도 못하는 안타까움을 공교육이 조금이라도 감싸 안아줄 수 있다면 그렇게 해야 한다. 프로그램을 순기능의 차원에서 이해해야 미래가 보인다.

제4부

교육이 전북의
희망이다

소통과 협력의 교육공동체

• • •

1964년 교육자치가 시작되었다. 법률적 의미에서의 자치가 아니라 진정한 교육자치를 실현하기 위해서는 지방교육의 재정을 탄탄히 하고 지역사회와 함께 교육을 실현해야 한다. 그러나 도내 시·군의 총예산 대비 교육경비보조금 지원 비중은 지난 2001년에서 2004년까지 4년간 총 보조금이 126억여 원에 불과했다. 도내 시·군 중 교육경비 보조에 관한 조례를 제정한 곳은 전주시, 익산시, 군산시, 무주군, 장수군 등 5개 시·군에 그치는 등 교육투자 의지 자체가 부족했다.

농도 전북의 열악한 교육환경을 극복하기 위해서는 자치단체들의 적극적이고 지속적인 협력이 요구되었고, 자치단체에서 추진하고 있는 각종 교육사업이 큰 성과를 거두기 위해서는 교육청과의 협력이 절실히 필요할 것이라고 생각했다.

이에 내가 교육감에 취임한 2004년 다음 해인 2005년부터 전북교육청은 14개 자치단체장을 초청해 '푸른 학교 바른 교육 설명

2009년 5월 시장 군수 초청 협의회에서 참가자들과 함께 박수를 치고 있다.

회'를 갖고 지역의 열악한 교육환경을 극복하고 교육과 자치단체 발전이 맞물려 나갈 수 있도록 파트너십 강화 방안을 제안했다.

또 인구유출과 저출산 현상 등으로 도세가 갈수록 약해지는 위기를 타개하기 위해서는 교육수준부터 업그레이드해야 한다고 강조했다. 시장·군수들에게 교육경비 지원을 대폭 확대해야 하는 당위성을 인식시키고 자치단체와 교육당국 간의 협력사업을 확대하기 위한 다양한 방안 등을 논의하기도 했다.

2008년에는 김완주 전라북도지사를 비롯 14개 시·군 자치단체장들이 공교육지원에 대한 입장과 앞으로의 계획 그리고 지역별 특성에 맞는 교육지원 프로그램을 밝힌 교육협력지 '더불어'를 발간

전북교육청과 전북교육장학회, 사랑의 열매가 주관한 '제자사랑 Real Love' 장학금 수여식.

하기도 했다. 지방자치단체와 교육청간에 교육협력을 이루기 위해 그동안 추진해 온 교육협력팀의 활동 상황은 물론, 농산어촌교육 활성화 방안 등을 담아 책자로 펴낸 것이다. 완주군은 중국어, 영어 등 외국어프로그램 강화를, 김제시는 장학재단 확충과 방과후학습 을 통한 학생 실력향상 등 지역 실정을 감안한 교육 지원을 약속했다.

'더불어' 발간은 이를 계기로 교육청과 자치단체간 교육협력 사 업을 점검하고 기관 간의 신뢰구축은 물론, 지역맞춤형 교육사업을 강화해 나가겠다는 의지의 표현이었다.

또한 도내 시·군교육청 관리과장과 교육협력 실무 담당자들을 모아 수십 차례의 전략회의를 개최했다. 날로 교육협력이 중요시되는 가운데 전략회의를 통해 지방자치단체와의 바람직한 교육협력 방향을 설정하고, 현실에 맞는 아이디어를 공유하며, 전북 인재육성을 위한 지방자치단체와의 파트너십 증진 필요성에 공감대를 형성하자는 취지였다.

이러한 노력에 힘입어 2005년 129억 원의 교육경비 유치를 시작으로, 2006년 398억여 원, 2007년 761억여 원, 2008년 1,000억 원이라는 획기적인 교육경비를 유치했고, 2009년에는 1,200억 원의 교육경비를 유치했다. 2005년 129억 원에 비해 10배에 달하는 금액이 증가한 것이다. 탄탄한 교육경비 유치는 전북교육을 더욱 내실 있게 만들어 냈으며 이렇게 확보한 교육경비는 다양한 분야에 사용되고 있다.

이를 구체적으로 보면 농산어촌과 도시저소득층 무상급식사업, 친환경 학교급식 지원사업, 특수교육, 저소득층 지원 등 학생복리증진 사업, 학력증진과 특별활동, 방과후활동, 교육과정 운영지원 사업, 전주, 군산, 남원, 임실, 진안, 고창의 영어체험학습센터, 영어카페, 원어민 인건비 지원, 해외 연수 등 글로벌 인재양성 사업, 어린이 보호구역, 학교운동장 잔디조성, 학교 공원화 사업 등 교육환경개선사업, 장학금과 학자금 지원 사업, 학교보건 및 체육, 문화, 평생교육 등 기타 지원 사업 등 헤아릴 수 없이 많다. 이 같은 결실은 소통과 협력의 시대를 맞아 파트너십이 이루어낸 전북교육의 힘이라 아니할 수 없다.

　다자녀와 다문화가정을 지원하며 특성화된 학교를 조성하고 학생들이 만족하는 교육환경을 만들기 위해서 더욱 많은 교육경비 유치가 필요했다. 이를 위해 지난 2009년 5월 13일에는 '소통과 협력, 푸른 학교 바른 교육을 여는 강한 힘입니다'를 주제로 도내 시장·군수들을 초청해서 그동안의 교육협력 성과를 보고했다. 시·군별 우수사례를 통해 자치단체별로 교육을 지원하는 정보를 교환하고 지역의 특성에 맞는 인재 육성을 위해 적극적인 지원을 약속받기도 했다.

　이처럼 지방자치단체의 교육투자가 크게 늘어난 것은 전북교육청이 적극적인 유치노력을 기울인 탓도 있겠지만 민선단체장들도 지역주민들의 가장 큰 관심사인 교육문제에 대해 큰 관심을 갖기 시작했기 때문이다. 2004년 '교육경비 보조에 관한 조례'를 제정한 곳이 5개 시·군에 불과했으나 2009년에는 전체 시·군으로 확대되었다. 또한 13개 시·군이 학교 급식비지원 조례, 12개 시·군이 장학재단설립 조례, 10개 시·군이 평생학습 조례를 제정해 운영하고 있다.

　이러한 성과는 우리 교육을 더 이상 학교의

울타리 안에 가두지 않고 지역사회와 시민단체, 학계, 지방자치단체의 적극적인 도움을 받아 더 유연한 교육을 펼치고자 하는 의지의 결실이다.

소통과 협력은 이제 전북교육의 새로운 패러다임이다. 급변하는 사회에서 공교육이 탄력을 받아 도민들에게 감동을 주고 교육가족들에게 행복을 주기 위해서는 협조를 받아야 할 상대와 적극적인 소통을 통해 상호협력 하는 일에 최선을 다해야 할 것이다.

높아진 전북교육 브랜드 가치

• • •

브랜드가치Brand Value는 브랜드가 가지고 있는 무형의 자산을 의미한다. 그래서 기업이나 기관의 보이지 않는 자산인 브랜드 가치가 주목을 받고 있다. 지금 세계 유명 기업들의 자산 가치는 실제 자산보다 브랜드에 의존하고 있다.

세계 최고의 브랜드 파워를 자랑하는 코카콜라의 경우 브랜드 가치가 실제 자산의 15배에 달한다고 한다. 바야흐로 21세기의 대중(소비자)들은 물리적 속성보다 브랜드 네임과 같은 감성에 의해 구매 욕구를 일으키고 있는 것이다. 이는 국가기관이라고 해서 크게 다르지 않다. 따라서 우리 전라북도 교육의 브랜드 가치를 높이는 일은 궁극적으로 전북교육의 힘을 높이는 길이기도 하다.

전라북도 교육의 브랜드를 결정할 요소는 많겠지만 실력향상과 인성교육, 그리고 창의성 신장이 우선되어야 한다고 본다. 이 세 가지는 우리의 미래를 이끌 인재들이 가져야 할 자질이기도 하지만, 당장의 교육수요자들이 열망하는 요소이기 때문이다. 우리가 실력

있고 도덕성 높은 인재들을 길러낸다면 우리의 기관 이미지는 따라서 올라갈 것이다.

기업들이 엄청난 돈을 들여서 심벌마크를 만드는 것은 브랜드 가치를 창출하기 위한 것이다. 심벌마크를 적극적으로 사용하는 것은 우리 전북교육의 이미지를 확산시키는 일이기도 한 것이다.

이를 위해 지난 2005년 4월 21일 미래지향적 교육의지를 담은 심벌마크를 개발하기 위한 공모를 시행했다. 모두 109편의 응모작을 대상으로 5차에 걸친 심사를 통해 김기석(서울시 강남구 신사동)씨의 작품을 최종 당선작으로 결정했다. 당선작품은 전라북도 교육을 나타내는 'J'와 'B'를 조형한 것으로 21세기 글로벌 시대의 역동적이고 힘찬 이미지를 담고 있다. 심벌마크의 청색은 풍요롭고 희망에 찬 전북교육의 이미지, 오렌지색 하트는 꿈과 사랑을 표현하고 있다. 또한 'J'의 힘차게 내려오는 선은 튼튼한 기둥과 올곧음을 상징

새로 제정된 심벌마크와 로고를 담은 전라북도교육청기를 흔들고 있다.

하고 'B'는 책(Book)을 의미하면서 거꾸로 보았을 때는 'E'로 교육(Education)을 상징한다.

　제정된 전북교육청의 심벌마크와 로고는 전북교육청 이미지 형성에 큰 기여를 하고 있다. 우리 전북교육의 브랜드 가치가 올라갈 때 교육수요자들은 더욱 신뢰하게 되고, 따라서 교직원들은 보람과 긍지를 가질 수 있다. 또 나아가 우수한 인재들이 전북으로 몰려들 것이다. 결국 기관이나 기업의 우수성은 인재의 질이 결정한다. 새로운 시대에 맞게 브랜드 가치를 높여서 개인의 행복과 지역 발전에 이바지할 교육력을 높여 나가야하는 것이 전북교육청에 맡겨진 책무이다.

소식지 '푸른 전북교육' 발간

● ● ●

　전북교육청은 그동안 학생들에게 꿈과 희망을 주고, 사랑으로 가르치는 선생님들에게는 보람과 긍지를 드리며, 학부모님들에게는 신뢰를 받는 교육행정이 이루어지도록 노력해왔다. 그러나 시시각각 쏟아지는 교육정보와 교육현장의 다양한 요구들을 연결시킬 가교(架橋)가 없는 현실을 감안해 2005년 1월에 '푸른 전북교육'소식지 창간호를 발행하게 되었다.

　월간으로 발행되는 푸른 전북교육은 매달 전북의 교육소식은 물론 학교나 기관의 우수사례를 발굴 게재하고, 명사들이 교육현안에 대한 자신의 생각을 개진하도록 지면을 구성했다. 더불어 작은 학교들을 찾아 그곳의 분위기를 전하는 등 다양한 코너를 통해 교육 가족에게 많은 사랑을 받아왔다.

　푸른 전북교육은 창간 첫 해인 2005년 12월에 교육인적자원부와 한국언론재단과 문화일보가 공동 주최한 제10회 전국 학교미디어 콘테스트에서 특별상을 수상했다. 학교신문과 교지·영상·교육청

2005년 1월 창간 이래 전북 교육의 나침반 역할을 하고 있는 '푸른 전북교육'.

간행물 등 4개 부문으로 나눠 실시된 콘테스트에서 푸른 전북교육 소식지가 교육청 간행물 중 가장 우수한 것으로 평가되는 영예를 안은 것이다.

학생들이 미래사회의 주역이 되기 위해서는 원대한 꿈을 지녀야 하는 것은 물론, 인간과 자연에 대한 사랑이 충만하도록 교사들이 지도해야 한다. 전북교육청이 지향하는 '더불어 살아가는 창의적 인간육성'은 그런 배경에서 출발했다. 푸른 전북교육 소식지는 전북교육의 변화모습과 교육현장의 생생한 목소리를 담아내기 위해 노력해왔다.

2010년 1월부터 24면으로 증면한 푸른 전북교육 소식지는 2010

년 6월 현재 통권 66호를 발행하고 있다. 소식지는 단순히 전북교육청의 소식만을 전하는 성격을 넘어 교육가족 모두의 의지와 요구가 반영된 공감대 형성의 장으로 그리고 우리 전북교육의 발전을 위한 나침반이 되도록 노력해왔다. 앞으로도 교육가족들로부터 변함없는 관심과 사랑을 받기를 기대한다.

여성 우대의 인사정책

● ● ●

기존의 남성중심의 사회구조와 정치구조에서 여성의 사회진출에 어려움이 따르는 게 사실이다. 그에 대한 교정적인 장치로 북유럽을 비롯해 많은 나라에서 그 필요성에 따라 제한적으로 여성할당제를 실시하고 있다.

우리나라에서는 여성참여가 현저히 부진했던 공직 분야의 여성 진출을 촉진하기 위해 1996년 여성공무원 채용목표제(여성채용목표제)가 도입되고 국내 대기업과 공공기관에서 여성채용할당제를 속속 시행하고 있다. 이러한 상황 속에서 전북교육청은 타 시·도에 비해 교육정책을 수립하고 추진하는 교육전문직, 관리직에 진출한 여성 인력이 극소수에 불과하다는 지적을 받아왔다.

특히 여성교직원이 이미 과반수를 차지하고 있으며 능력면에서 남성과 차이가 없거나 우월하게 평가되는데도 불구하고, 전문직과 관리직 비율에서 현격한 격차가 나타나 남성위주의 인사를 단행해왔다는 지적이 많았다.

현재 초등교사의 64%, 중등교사의 51% 그리고 교육행정직 공무원의 52%를 여성이 차지하고 있다. 그러나 교육전문직의 여성 비율은 22.2%, 교장과 교감 등 관리직 비율은 12.3%에 불과하다. 여성교직원들이 승진가산점을 받을 수 있는 도서 벽지나 농산어촌지역에서의 근무경험이 상대적으로 적으며, 승진에 유리한 부장교사 등의 보직을 가능하면 남성에게 맡기려는 교육계의 보수적인 분위기, 그리고 출산과 육아문제에 대한 부담이 여성들의 승진에 불리하게 작용하는 것으로 파악되었다.

이처럼 낮은 여성 관리직 진출 비율은 여성교직원들의 사기저하를 가져오는 원인으로 작용해왔다. 이에 따라 전북교육청은 여성의 관리직 진출의 확대를 강력하게 추진하기 시작했다. 2005년도에 본청에 여성장학관을 임명했으며 2006년도에는 3명의 여성사무관을 승진 임용하였다. 또한 교육전문직을 전형할 때 전체 선발예정 인원의 30% 범위에서 여성을 우선 선발하고 교장과 교감 임용 시에도 임용예정 인원의 3배수 범위 내에서 여성교원을 우선 임용하는 등 여성교원 사기진작을 위한 노력을 기울여 왔다. 2010년에는 여성교육행정직 사상 최초로 여성서기관을 승진 임명하여 부안교육문화회관장에 보직하기도 하였다.

교육감과 대화하는 날

● ● ●

교직원들이 보람을 갖고 일힐 수 있는 분위기를 위한 조건을 갖춰주는 일 그래서 교육가족과 도민들로부터 교육행정에 대한 신뢰를 얻을 수 있는 방법을 찾는 일은 필요성만큼 쉽지는 않다.

전북교육청은 학부모와 교육정책에 대한 인식을 공유하고 해결의 실마리를 찾는 기회를 갖고자 지난 2004년 10월 처음으로 학부모를 대상으로 '교육감과 함께하는 대화의 날' 행사를 진행했다.

교육감 취임 이후 처음으로 개최한 이날 간담회에 참석한 학부모들은 학생들의 학력신장을 위한 군산지역 고교평준화 해제, 교원들의 경합지역 전환 등을 통해 지역 간 학력편차를 줄일 수 있는 제도적 보완책을 요구하는 등 학력신장에 대한 뜨거운 관심을 보였다. 또한 일반학급 특수교육 대상자 급식비지원과 편의시설 확충, 사이버강의 이용 방안, 전주·익산지역 인문계 고교 진학난 해결책, 학교 인터넷 유해사이트 차단장치 설치, 초등 예·체능교육 활성화 방안 등 각종 교육현안에 대한 다양한 의견을 제시했다.

교육현안에 대한 진솔하고 다양한 의견이 오고 간 교육감과 함께하는 대화의 날.

　　2004년 12월 제2차 교육감과 함께하는 대화의 날에는 도내 유치원·특수학교 및 초·중·고교 학생들이 참석하여 학교급식소 확장, 냉난방시설 설치, 책걸상 교체, 기숙사 설립, 스쿨버스 지원 등 요구사항을 전달하기도 했다.

　　해를 넘겨 2005년 2월에는 일반직 공무원을 대상으로 제3차 교육감과 함께하는 대화의 날을 진행했다. 여기에 참여한 어느 공무원이 "교육감을 앞에 두고 우리의 속 이야기를 털어놓아보기는 공무원 생활 20년만에 처음" 이라는 소감이 나올 정도로 교육현안에 대한 진솔하고 다양한 의견이 오고 갔다.

　　이날 참석한 일반직 공무원들은 행정직 인사시스템과 학교운영위원회 운영, 토요휴무제와 관련한 행정직원 근무시간 조정, 일반직 보직 관리, 사학 행정직의 명예퇴직 및 근속 승진, 지방자치에 대한 교육감의 견해, 관련법규의 유권해석에 따른 문제점, 기능직 공무원의 자격증 소지자 우대방안, 학교공동체의 일반직 참여 방안, 지역교육청 평가방법 개선 등의 문제점등과 해결방안을 함께 모색해 보는 시간이었다.

마지막으로 2005년 4월에는 교원을 대상으로 제4차 교육감과 함께하는 대화의 날이 실시되어 농산어촌교유 활성화, 군산지역 중등인사, 농산어촌 유치원 중식비 지원, 현장연구 논문대회 개선 방안, 대안학급 지원 방안, 전공을 고려한 농산어촌학교 인사, 학교내 환경교육 생태체험장 조성, 농산어촌 무상급식 부실화 대책, 인사관리 규정상 여성 관리직 3배수 적용, 도서관 리모델링 후 운영 지원 방안, 효율적인 부진아 구제 방안 등 교육현안에 대한 여러 문제점을 토의하기도 했다.

이렇듯 공식적인 대화의 장을 개설하고 다양한 계층의 의견을 여과 없이 수렴했다. 여기서 거론된 불합리한 구조와 건의사항 등은 담당 실과별로 실태와 문제점 그리고 개선방안을 통해 교육정책에 많이 부분들이 반영되고 또 성공적으로 추진되었다. 이를 통해 교육가족과 도민들에게 신뢰를 주는 교육행정을 구축하였다.

처음 교육감과 함께하는 대화의 날을 만들 때에는 매월 정례화를 통해 교육현안에 대한 토론을 예상했지만, 교육공동체와의 교육정책 인식을 공유하겠다는 목적에서 벗어나 개인이나 학교, 지역의 민원 해결을 요청하는 행사로 성격이 변질되어 2005년을 끝으로 중단시켰다.

그러나 학생, 학부모, 교직원의 입장에서는 교육정책을 이해하고 교육감의 입장에서는 교육가족과 도민의 고충과 문제점을 직접 듣고 정책에 반영하여 해결의 실마리를 찾는 기회를 갖는 등 바람직한 발전방향을 모색하는 유익한 시간이었다.

과학교육의 메카 전북과학교육원

● ● ●

과학교육은 기술 발전의 원동력이다. 기초과학이 튼튼해야 다른 사업으로 기술이 발전한다. 그래서 과학입국이라는 말이 있었던 것이다. 과학은 자연의 원리를 파헤치는 것이기 때문에 그 안에서 얼마든지 인간에게 유리한 것들을 찾아낼 수 있는 그야말로 꿈의 학문이라고 할 수 있다.

몇 년 전 중국의 후진타오(胡錦濤) 주석은 "향후 15년 안에 중국을 기술자립형 국가로 성장시키겠다."고 선언한 바 있다. 그는 "과학입국 건설을 위해 투입의존형 성장구조를 기술주도형으로 전환하고, 기술 중심으로 산업구조를 개혁하며, 기술경쟁력 제고를 위한 인재양성 시스템을 구축하겠다."고 했다. 그의 이 발언은 향후 국가자원을 과학기술 분야에 집중 투자할 것임을 분명히 한 것으로 중국의 '15년 과학입국프로젝트' 라 부른다.

중국의 이런 프로젝트에 우리나라를 비롯한 많은 경쟁 국가들이 놀랐다. 그리고 거대 중국의 성장을 실감했다. 실로 과학전쟁의 시대를 선포한 것이다.

이런 상황에서 우리 과학교육은 어떤가? 지나치게 입시위주의 교육으로 나가고 있지 않은지 반성해야 한다. 사실 우리 교육청도 과학축전 등 과학교육 발전을 위해 현장의 의견을 모으고 전문가들의 자문을 듣는 등 노력해 왔다. 또 학생들이 과학에 보다 많은 흥미를 갖고, 학생들을 미래의 산업을 이끌 성장 동력으로 키워나가기 위해 과학실 현대화 사업도 추진해 오고 있다. 학교의 과학교육이 살아나야 하기 때문이다.

그러나 전라북도의 과학교육 현실은 그동안 매우 어려웠다. 2008년까지 전북교육과학정보원의 과학관은 과학교육의 중심이라고 하기가 무색할 정도였다. 과학관에 전시된 전시물 72개 가운데 20년 이상 전시된 것이 5개나 되었다. 나날이 발전하고 있는 과학의 현실을 생각할 때 이는 박물관이지 과학관이 아닌 것이다. 나머지도 사정은 좋지 않았다. 15년 이상 전시하고 있는 것이 52개, 10년 이상 전시된 것이 8개나 되었다. 전시물 중 강산도 변한다는 세월인 10년을 넘긴 전시물이 83.3%에 이르고 있었다.

이런 상태에서 과학입국은 꿈도 꿀 수 없다. 전국 16개 시·도 가운데 과학과 정보 분야를 분리해서 운영하지 않고 있는 곳은 전북교육청을 비롯해 네 곳에 불과했다. 대부분의 시·도들은 분리를 끝내고 새로운 시설로 학생들의 기초과학 실력향상에 힘써 오고 있다. 그래서 역점을 두고 사업을 추진해 온 것 중의 하나가 전북 과

2006년 아홉번째 개최된 e-러닝 박람회.

학인들의 숙원사업이기도 한 전라북도과학교육원 설립이었다. 2008년까지 전북의 과학교육은 전북교육정보과학원이 담당해 왔다. 전북교육정보과학원은 1973년 문을 열 당시 전북과학관으로 과학교육을 담당해 왔으나, 정보화가 진행되면서 과학 분야는 크게 위축되어 왔다. 과학교육의 중요성을 생각한다면 새로운 과학교육원 건립이 절실한 과제였다.

전북교육청은 2009년 3월을 기해 그동안 유지돼 오던 전북교육정보과학원을 전북과학교육원과 전북교육정보연구원으로 분리했다. 이는 이미 추진되고 있는 전북과학교육원 신축 이전을 앞두고 내린 행정적 결정이었다. 잘 알다시피 과학교육은 교과서만으로

새롭게 탄생할 전북과학교육원은 전북과학교육의 메카가 될 것이다.

가르칠 수가 없다. 이론을 공부하되 현실에서 원리를 찾아야 한다.
눈으로만 보는 것은 탁상공론이다. 만지고, 만들고, 두들기고, 원리
를 찾기 위해 고민해야 한다. 그리고 상상력을 자극하는 전시물이
나 영상물 또는 일상생활의 경험에서 호기심이 촉발된다. 과학 공
부에 대한 흥미와 동기 유발은 그만큼 중요한 것이다.

따라서 교과서에 나오는 이론에 대한 과학적 이해를 위해 직접
체험할 수 있는 공동 실험·실습실과 전시실, 과학도서관 등을 갖춘
매머드 과학교육장이 필요한 것이다. 또 이런 과학교육 기관이 존
재해야 대내외 과학인들과 전문가들이 힘을 합쳐 과학교육 역량을
강화시켜 나갈 수 있게 된다. 이런 이유 때문에 전북과학교육원은

반드시 설립해야 할 중요한 과제였다. 이 문제를 풀기 위해 나는 지방자치단체와 중앙정부를 여러 차례 쫓아다니면서 예산지원을 요청해 왔다.

익산시 왕궁면 동용리 산 68번지 일대의 소나무 숲이 새롭게 과학교육원이 옮겨 갈 장소이다. 이곳은 고속도로 인터체인지와 인접해 있어서 도내는 물론 전국 어디에서도 접근성이 뛰어나다. 또 숲이 우거진 조용한 야산지대로 인근의 보석박물관 등과의 연계성까지 뛰어나서 종합적으로 과학교육을 펼 수 있는 최적지라는 평가를 받고 있다.

전북과학교육원은 2010년 착공해서 2012년 3월에 완공해 개관할 예정이다. 도심의 작은 공간보다 자연에서 더 넓게 활동을 펼칠 수 있도록 부지 3만3,000㎡에 건축 규모가 1만3,700㎡으로 수립된 전북과학교육원 신축 예산은 304억 원이나 된다. 국고와 자체 예산이 각각 135억 원씩 투입되고, 익산시가 34억 원 상당의 토지를 무상으로 양여키로 했다.

새로 완성될 전북과학교육원은 실내 중심의 과학관이 아니다. 생태 중심의 야외학습장을 갖춰서 보다 입체적으로 과학교육을 전개할 수 있게 될 것이다. 학생들은 자연 속에서 폭넓게 탐구활동을 할 수 있고, 교원들도 최신 기자재와 시설로 다양한 연구 활동을 펼칠 수 있게 된다. 그리고 과학교사 연수 활동도 활발하게 이루어지게 될 것이다. 명실 공히 첨단 과학교육연구센터로서의 면모를 과시할 수 있을 것으로 보인다.

또 전북과학교육원은 첨단과학에 대한 관심과 미래과학에 대한 꿈을 실현하도록 과학문화와 마인드 확산을 위해 각종 활동을 지원하게 될 것이고, 유아들이 다양한 활동을 통해 자연스럽게 과학의 원리를 이해하고 탐구하는 즐거움을 체험할 수 있는 탐구 놀이 공간 역할도 하게 될 것이다.

앞서 중국의 예로 들었듯 과학에서 밀리면 기술에서 당연히 밀린다. 그렇게 되면 경쟁의 칼날이 무디어지는 것이기 때문에 희망이 없게 된다. 새롭게 탄생할 전북과학교육원은 전북과학교육의 메카가 될 것이며, 국가경쟁력을 높이는 구심점 역할을 하게 될 것이다.

생동하는 학교, 신뢰받는 교육

● ● ●

학생 개개인의 진로와 흥미에 맞는 낮춤형 교육서비스를 제공, 학교가 생기 넘치는 행복한 삶의 공간으로, 교사는 전문성 향상과 자기혁신 노력을 바탕으로 가르치는 즐거움을 느낄 수 있는 진정한 스승으로, 교육행정은 권위와 군림에서 벗어나 학부모와 지역주민이 참여하는 쌍방향 열린 행정으로 변화된다. 2005년 야심차게 준비한 교육정책 '해피스쿨 프로젝트 Happy School Project'의 목표다.

교사와 학생 그리고 학교 등 3개 영역에서 수립된 해피스쿨 프로젝트는 교육 수요자로부터 신뢰받는 교육풍토를 조성해 공교육의 경쟁력을 한층 강화하겠다는 교육감의 의지가 함축되어 있다. 해피스쿨 프로젝트는 교사와 학생 그리고 학교 등 3개 영역으로 나누어 마련한 교육정책이다.

먼저 교사 부분에서는 교사가 '교육력'이라는 목표 아래 수업전담 장학사제, 수업최강교사 인증제, 알참 연수시스템, 학교지원 인사시스템으로 이루어졌다.

학교부적응학생을 치유해 공동체의 사랑으로 희망을 만드는 에듀닥터 발대식.

　수업전담 장학사제란 교사의 전문성을 높이기 위해 교실수업 개선 상담팀을 구성하고 전담 장학사를 배치하여 수업방법 개선을 위한 장학 업무에만 전념하는 것을 말한다. 수업전담 장학사는 교사들에게 교수·학습에 대해 상담과 조언을 하고 수업 우수교사들을 관리한다.

　수업최강교사 인증제는 수업 잘하는 교사가 교육력을 신장시킬 수 있다는 취지다. 학교급별·교과별 수업공개 희망자를 공모해 대학교수와 수업전담 장학사, 동료교사들로 구성된 평가단이 해당 교사의 수업을 평가하고 학생과 학부모들의 의견을 반영해 선발된 교사에게 수업최강교사 인증서를 수여한다. 인증은 수업우수교사,

수업선도교사, 수업최강교사로 이어지며 인증 단계에 따라 연구점수와 해외연수 등의 특전을 부여했다.

알참연수시스템은 교원연수 직속기관(교육연수원·교육정보과학원)의 교과관련 연수 프로그램을 늘리고 외부 연수기관과 대학과의 협조를 통해 연수기회를 확대했다. 아울러 교원전문성 신장을 위해 범교과별 국외연수 프로그램을 보다 확대했다.

학교지원 인사시스템은 농산어촌 학교에서 헌신하는 교원과 고교 근무 교사에 대한 우대책을 마련하고, 복수자격증을 소지한 중등교원에게 전보 가산점을 부여했다.

또한 학생 부분은 경쟁력 향상이라는 목표 아래 사랑나눔 인성교육, 논술·독서 프로그램, 실전 외국어교육, 파워영재교육, 해피스쿨 프로그램, 꿈실현진로교육으로 이루어졌다.

사랑나눔 인성교육은 학교 부적응 학생을 치유해 공동체의 사랑으로 희망을 만드는 에듀닥터edu-doctor제를 시행했다. 에듀닥터는 현직 의사와 전·현직 경찰관 그리고 퇴직 교원 등 297명으로 구성돼 부적응 학생들을 대상으로 일대일 결연지도를 실시하는 프로그램이다. 논술·독서 프로그램은 학교에서 논술교육을 해결하기 위해 전문 지도교사를 양성하고 실전 논술팀을 운영하는 동시에 사이버 논술 과거제를 개최하고 독서교육 활성화를 위해 사서교사를 확충하고 동아리를 조직·운영했다.

실전 외국어교육은 눈과 귀가 열리는 실전 영어교육을 위해 영어체험마을을 개원했다. 농산어촌 학생 대학위탁 합숙 영어캠프와 학생 영어축제도 개최했다. 파워 영재교육은 지역교육청 단위로 영재교육원을 개설·운영하는 동시에 도내 대학과 연계해 영재교육을 활성화시키고 선발과정을 거쳐 해외 교육 프로그램도 추진했다.

해피스쿨 프로그램이란 학생들이 필요로 하는 강좌를 개설해 언제 어디서든지 원하는 교육을 받을 수 있는 사이버교육을 말한다. 학생들이 원하는 강좌를 전북e스쿨 홈페이지에 신청하면 홈페이지에 도깨비불이 생성되고 같은 의도를 지닌 학생들이 블로그를 구성해 리더 중심으로 관련 문제를 해결하거나 강좌 개설을 요청한다. 개설이 요청된 강좌에 대해서는 자원봉사자나 학부모 도우미, 일반교사, 예비교사 대학생들이 문제해결을 적극 돕도록 했다.

꿈실현 진로교육은 진로교육을 위해 마이웨이My way 프로그램을 개발·보급, 미래 자신의 모습을 설계하고 닮고 싶은 실존 인물을 정하여 꿈을 키우는 멘토링제를 운영했다.

마지막으로 생동하는 학교라는 목표 아래 방과후학교 운영, 행복한 농산어촌 학교, 통합 에듀케어센터 운영, 드림 실업교육으로 구성되었다.

방과후학교 운영은 교육기회 확대와 사교육비 경감 차원에서 정규 교육과정 이후 학교시설을 개방해 방과후교육에 활용했다. 또 농산어촌에서는 초·중·고교 연계 중심학교를 지정·운영하고, 도심학교는 학부모와 민간단체에 시설을 개방했다. 이와 함께 교육대학과 사범대학에 재학 중인 예비교사들을 초등학교 저학년 방과후 교실 보조교사와 특기적성교육 자원봉사자, 중학교 수준별 보충학습 보조교사로 활용하였다.

행복한 농산어촌 학교는 차원 높은 농산어촌 교육을 실현하기 위해 자치단체와 연계해 2005년부터 유치원과 초등학교에 전면 무상급식을 실시하였다. 2007년에는 중학교, 2008년에는 고등학교까지 확대됐고 현재는 농산어촌 지역은 물론 도시지역 저소득층과 공립유치원에 무상급식이 실시되고 있다. 또 281개 초등학교에 학습 준비물 전액을 지원하고 도시체험 학습과 특수교육센터 순회교육비도 지급해 왔다.

통합 에듀케어Edu-care센터는 맞벌이 부부 증가로 학부모들이 공립 유치원 종일반 운영을 요구함에 따라 운영하고 있다. 인접지역의 3~4개 유치원을 통합한 에듀케어센터를 개설해 오전에는 평소 다니던 유치원으로 등원해서 정상 과정을 이수하고 오후에 스쿨버스로 거점 유치원으로 옮겨 오후 7시까지 종일반 과정을 이수하는 프로그램이다. 이 사업은 초등학교 저학년까지 확대·운영하고 있다.

드림Dream실업교육은 본래의 취지에서 벗어나 겉돌고 있다는 지적을 받아 온 실업교육을 전면 개편해 산·학 연계를 통한 맞춤형 교육과정을 운영하고 '20세 사장 만들기' 프로그램을 실시했다. 산업현장에서 곧바로 활용할 수 있는 우수 전문 인력을 양성해 실업계 학생들의 자긍심을 고취시킨다는 취지다. 이를 위해 전북교육청은 학과 개편을 적극적으로 추진하고 산·학 연계 시범학교를 운영하고 있다.

김제시와 부안군에 교육문화회관 신축

● ● ●

　창의성과 다양성이 요구되는 21세기 지식기반사회는 직업구조
가 다양화되고 사회구조가 복잡해지면서 요람에서 무덤까지 생애
전반에 걸쳐 스스로 학습해야 하는 시대로 패러다임이 변화하고 있다.

　전북교육청은 '더불어 살아가는 창의적 인간육성'과 '평생학습
지원'을 위한 인적·물적 자원을 적극 제공하고, 교육문화의 새로
운 비전 창출과 지식정보화 사회가 요구하는 창의적이고 질 높은
교육서비스 제공을 위해, 전주, 군산, 익산, 남원시에 교육문화회관
을, 정읍시에는 학생복지회관을 운영하고 있다.

　아쉽게도 전북지역 도시 중 유일하게 김제시만 교육문화회관 시
설이 없었다. 이에 따라 학생과 주민들에게 질 높은 평생학습과 잠
재능력을 개발할 수 있는 프로그램 운영을 할 수 있는 교육문화회
관 건립에 대한 욕구가 많았다.

　이에 지난 2007년 6월 김제교육청과 국회 최규성 의원이 필요한
예산확보를 위해 총력을 기울인 결과 특별교부금 1억 7,000만 원을

확보해 김제시 요촌동 545번지에 부지 1만 4,430㎡를 선정하고 전라북도교육청이 최종 승인하면서 본격적으로 김제교육문화회관 건립을 추진하게 되었다.

그러나 2008년 4월 개최된 김제시 도시계획위원회는 교육문화회관 신축사업 대상 부지의 토지용도가 초등학교 부지로 되어있는 점을 들어 향후 도시계획과 관련해 업무시설 부지로의 용도변경이 불가하다는 결정을 내려 교육문화회관 사업에 난항을 겪었다.

김제교육청은 인근 아파트 단지가 들어설 경우를 대비해 학생들의 학교배정이 원활히 이뤄질 수 있도록 학구조정을 하고, 김제초, 중앙초, 동초 등 시내권 학교에 시설확충을 위한 예산을 적극 지원해 학교생활의 불편함을 최소화시켜 자녀들을 안심하고 보낼 수 있는 학교로 만들겠다는 안을 김제시에 제출했다. 이에 김제시의회는 제123회 임시회를 거쳐 김제시 도시계획위원회 심의위를 최종 통과시켜 부지 문제를 해결했다.

미래지향적이고 전문화된 교육행정과 글로벌 사회의 인재육성을 위해 추진되는 교육문화회관 신축사업은 마침내 2009년 2월 17일 기공식을 가지고 첫 삽을 떴다. 총사업비 48억 원을 투자하여 지하 1층, 지상 3층, 연면적 3,147㎡ 규모로 지어진 김제교육문화회관은 2010년 1월에 준공하여 2개월 동안 시험운영 후 3월 개관했다. 김제교육문화회관은 김제 시민들에게 평생교육과 문화프로그램을 제공하기 위한 어린이 열람실, 어학실, 상담실, 사회봉사실 등을 갖

2010년 김제교육청 신청사 개청식과 김제교육문화회관 개관식.

춰 평생교육 학습센터로서의 역할을 수행하게 된다.

한편 군 단위로는 처음으로 부안지역에 부안교육문화회관이 2009년 7월 6일 기공식을 거쳐 2010년 4월 개관했다. 부안읍 동중리 구 동초등학교 폐교 부지 3,987㎡에 지하 1층, 지상 3층, 연면적 2,666㎡ 규모로 신축한 부안교육문화회관은 총사업비 61억 8,200만 원을 투입해 어린이 열람실, 시청각실, 북 카페, 다목적홀, 어학실, 평생학습실, 도서관 등을 갖추었다.

부안교육문화회관은 군 지역의 문화센터로서 지역 학생과 주민

그리고 학부모에게 평생학습의 기회를 제공하는 공간은 물론 영재교육 기능까지 수행할 계획이다. 특히 도시 지역에 비해 상대적으로 평생학습, 문화공간, 교육여건이 열악한 농산어촌지역 학생과 지역주민들의 욕구 충족은 물론 지역영재 육성에도 크게 기여하게 될 것이다.

유아교육진흥원 설립 추진

● ● ●

유아들의 놀이체험과 교육시설을 갖춘 전라북도 유아교육진흥원이 익산에 들어선다. 2009년 10월 전라북도교육청은 익산시 춘포면 오산리 구 춘포중학교에 총 사업비 99억 원을 들여 전라북도 유아교육진흥원을 설립, 오는 2012년 개원할 예정이다. 이는 지난 2008년 서울에 유아교육진흥원이 설립된 것을 시작으로 부산과 경남 지역에 이어 전국에서 네 번째로 설립되는 것이다.

3층 규모로 건립될 유아교육진흥원에는 유아들의 언어능력 향상을 위한 언어탐구실을 비롯해 건강생활, 사회발달, 조형, 음률 등 다양한 영역의 유아교육과 실내외 체험시설이 들어선다.

특히 유아체험실은 아이들의 흥미유발을 위해 어린이들이 직접 체험해 보고 느껴보기 위한 다양한 테마를 주제로 한 체험실로 꾸며진다. 또한 교사들의 연구 활동을 위한 연구실과 정보자료실을 갖추게 되며 학부모를 대상으로 한 교육도 함께 시행할 계획이다.

유아교육진흥원 건립은 유아들의 다양한 체험을 통한 학습발달

은 물론 유아교육에 대한 공교육 체계를 확립하는 새로운 지평을
여는 계기가 될 것으로 기대된다.

전문계 고등학교 특성화

• • •

우리 사회의 학력과잉 현상으로 고학력 취업난이 심각해지면서 완성형 교육으로서의 고교 직업교육이 심각한 위기를 맞았다. 전북교육청은 정부의 실업교육 정책에 맞춰 학과 개편에 관한 종합계획을 지속적으로 보완하여 지역 실정에 맞는 특성화 학과개편, 학교기업 육성, 비즈쿨 창업교육 활성화, 지역산업과 연계한 실업교육 강화 등을 대책을 세웠다.

이에 따라 한국경마축산고, 한국전통문화고, 한국게임과학고, 줄포자동차공고, 전주영상미디어고, 이리공고, 강호사이버고 등이 특성화 학교로 지정되었으며 2010년까지 11개교로 확대 운영하게 된다.

또한 실업계고교 졸업생들의 산업현장 적응력을 높이기 위해 산·학·관 협동 체제를 더욱 강화하는 한편 산업체 수요에 부응하는 맞춤형 교육을 실시하고 있다. 아울러 특수목적고와 특성화고 집중지원, 전문교과 기초교육 강화, 취업정보 수집을 위한 관련 기

2008년 조선 분야 마이스터교로, 2009년에는 기술 분야 마이스터교로 선정된
군산기계공고 학생들과 기념 촬영을 하고 있다.

관과 산업체 방문 등을 통해 취업지도 중심의 직업교육에 나서고
있다.

실업계 고등학생의 창업활동을 돕기 위해 비즈쿨 시범학교도 운
영하였다. 비즈니스Business와 스쿨School의 합성어인 비즈쿨은 학
교교육 과정에서 사업을 배운다는 의미를 지니고 있다.

도내에서는 군산여상, 김제고, 원광정보예술고, 부안여상, 익산
고, 정읍제일고, 영선고, 한국게임과학고 등 8개 학교가 지정됐다.
비즈쿨은 전문계 고교생들에게 비즈니스 프로그램의 체계적인 학
습 기회를 제공해 미래에 대한 희망과 비전을 제시하고, 다양한 진
로 모색을 유도해 청소년들의 기업가적 자질과 역량을 고취시켜 궁

극적으로는 중소기업의 인력난 해소와 창업 활성화를 도모하기 위해서 도입했다.

2008년에는 교육과학기술부가 조선협회, 철강협회, 반도체협회 등 현장 전문가의 검토를 거쳐 군산기계공고를 조선 분야 마이스터교로 선정하고 2009년에는 기술 분야 마이스터교로 선정하기도 했다.

학교 체육 활성화

● ● ●

전북교육청은 학교 체육 활성화를 위해 지난 2005년 '도약 2007 프로젝트'를 발표했다. 체육중학교 설립, 체육 관련 인사정책 개선 등 7대 추진전략을 통해 극도로 위축된 도내 학교 체육을 되살리기 위한 취지였다.

1973년 전주시 송천동에 전북체육중이 설립됐으나 개교 5년만인 1978년 폐교됐다. 1976년 전북체육고가 개교하면서 중·고교 동시 운영에 따른 교육재정 부담이 당시 체육중학교 폐교의 원인이었다. 그러나 전국소년체전에서의 잇따른 성적부진에 따라 소질 있는 학생을 조기에 발굴하여 육상, 수영 등 기본 종목 선수를 집중 육성하겠다는 취지로 전북체육중학교 개교를 서두르게 된 것이다.

또한 2006년에는 전국체육고등학교 활성화를 위한 '비상 Physical Elite 종합대책' 4개항을 발표했다. 종합대책은 정서 함양을 위한 다양한 프로그램 운영과 편의시설 및 복지시설의 확충에 중점을 뒀다. 이와 함께 경기력 향상을 위한 우수선수 확보 대책으

2005년 학교 체육 활성화를 위해 '도약 2007 프로젝트'를 발표했다.

로 우수선수 선발 관리팀 설치, 성적에 따른 종목별 성과급제의 예
산 편성, 신입생 모집에서 종목별 인원과 세부 선발 규정을 마련하
였다.

　이러한 일련의 종합대책은 전북체육고등학교가 체육 전문학교
임에도 불구하고 전국체전에서 획득하는 메달수가 일반계 학교에
비해서도 뒤떨어질 만큼 저조한 성적을 보여 이를 획기적으로 개선
하기 위한 취지였다.

　그러나 도내 초·중·고의 운동부는 계속 사라지고 있으며 남아
있는 경우에도 소속된 운동선수가 줄고 있다. 운동선수를 해도 장
래가 보장되지 않기 때문이다. 전북교육청은 학교체육이 지역주민

2009년 전라북도 학교체육진흥위원 위촉식.

의 사기 등에 큰 역할을 하는 만큼 운동부 활성화를 위해 다양한 대
책을 모색해 왔다.

　육상, 수영, 체조, 역도, 양궁, 레슬링, 씨름, 배드민턴 등 8개 기
본 종목과 중점 종목은 대단위 학교를 지정해 육성비를 지원하고,
직접 관리하며, 또한 지역 여건에 맞는 육성 종목 지정을 위해 각
시·군 또는 각 지역청별 특화 종목을 선정하여 집중 지원해 왔다.

과학교육의 내실화

• • •

전북교육청은 과학교육의 내실화 계획을 수립해 탐구와 실험 중심의 과학교육을 정착시키기 위한 노력의 일환으로 2005년부터 '사이벤션Sci-vention 토요교실 프로그램' 을 개설해 운영했다.

사이벤션은 과학science과 발명invention의 합성어로 도내 초·중·고교생과 소외된 학생들을 대상으로 과학마인드를 고취시키기 위한 체험프로그램이다. 매월 넷째주 토요일에 지역 발명공작교실과 과학교실 담당 교사 교과연구회, 과학동아리, 과학 선도학교 주관으로 각 지역에서 테마별 프로그램을 실시하였다.

2008년에는 학생들의 과학에 대한 흥미를 높이고 이를 통해 궁극적으로 과학 실력을 증진시키기 위해 과학교육 내실화 계획도 발표하였다. 과학실험실 현대화, 과학교사 전문성 신장 등 전북 과학교육을 위한 56억 원의 예산을 통해 과학실 현대화 등 과학교육 여건을 개선하고, 과학교사의 연찬을 통한 교실수업 혁신을 위해 과학교사연구회의 육성, 과학교사 해외연수, 수업공개보고회 개최 등

과학적 탐구력과 사고력 신장을 목적으로 실시한 과학과실험평가.

에 집중 지원하였다.

　또한 전북교육청은 초등학교 33개교와 중학교 17개교 등 도내 50개 초·중학교를 표집해서 과학과 실험평가를 실시했다. 과학과 실험평가는 실험·관찰 중심의 과학과 교수·학습 정착을 통해 학생들의 과학적 탐구력과 사고력 신장을 목적으로 전라북도교육청에서만 실시하는 특색 있는 제도이다.

　과학과 실험평가는 초등학교 4~6학년과 중학교 1~2학년을 대상으로 교육과정에 근거해 해당 학년의 성취 기대 수준에 대한 필수 실험 실기능력과 기본 필수실험 기능 달성도를 수행평가 중심의 탐구·실험 문항 위주로 평가를 하는 방법이다. 이는 선택형 위주의 지필평가에서 수행평가 중심으로의 평가방법 개선에 기여하였다. 또한 과학과 교수·학습 수행에 대한 환류기회 확대로 탐구 중심의 과학수업 방법 개선에 많은 도움이 되었다.

연이은 최우수 교육청 표창

● ● ●

전북교육청은 2005년 1월 12일 국무총리실 직속 청소년보호위원회가 주관한 청소년 기관평가에서 전국 최우수교육청으로 선정돼 대통령 표창을 받는 영예를 누렸다.

청소년보호위원회가 지난 2004년 9월 중순 청소년보호의식을 확산시키고, 유해환경 정화 계기를 마련하기 위해 실시한 평가는 학교주변 유해환경 정비실태 및 관리, 학교 생활지도 실적, 학교 성교육 실적, 학생 상담기능 강화, 학교부적응 중도탈락 학생 교육·지원 실적, 청소년 보호 특색사업 등 6개 분야가 그 대상이었다.

2년을 주기로 시행되는 평가에서 전북교육청은 2005년 1월 6개 평가 항목 모든 분야에서 최고 평점을 받았다. 정읍교육청도 전국 29개 지역교육청 중 최우수기관으로 선정되어 최고상인 대통령표창을 받았다. 도교육청과 지역교육청이 동시에 최우수교육청으로 선정되어 대통령상을 수상한 사례는 청소년보호위원회 평가 이래 최초의 일이었다.

2005, 2006년 국정감사 수감 최우수기관으로 선정돼 표창패를 받고 있다.

또한 같은 해 1월 2004년도 자체감사 활동 우수기관으로 선정되어 감사원으로부터 표창장을 받았다. 감사원이 자체 감사기구가 조직되어 있는 국가기관과 지방자치단체·교육자치단체·정부투자기관 등 전국 154개 기관을 대상으로 자체감사 운영 실태를 평가한 결과, 교육 분야에서는 전북교육청이 유일하게 영예를 안았다. 인터넷 홈페이지를 통해 월별 감사계획을 예고, 열린 감사행정을 실천하고 '자체감사 효율화 방안'을 마련하는 등 새로운 감사기법 개발에 적극 노력한 점을 인정받은 때문이다.

2005년 8월에는 교육인적자원부에서 전국 16개 시·도교육청의 사이버 가정학습(e-러닝) 서비스를 대상으로 서면 및 현장평가를 실시한 결과 우수 교육청으로 선정되었다. 전북교육청이 운영하는 전북e스쿨은 농산어촌지역 학교 교육과정을 지원, 소규모 학교에서 흔히 나타나는 낮은 경쟁심과 학습의욕, 보충교육 기회 부족 등의 문제점을 극복하고 학교 간 자발적인 경쟁으로 학습효과를 극대화했다는 평을 받았다.

2005년도 지방교육혁신 평가에서는 재정운영 성과 부문 최우수 교육청으로 선정됐다. 당시 교육인적자원부가 전국 16개 시·도교육청을 대상으로 신 역량, 혁신과제, 핵심교육정책, 재정운영 성과, 고객만족도 조사 등 5개 분야로 나눠 실시한 평가에서 재정운영 성과 부문에서 가장 높은 점수를 받았다.

2006년도에는 2005년도 국정감사 수감 최우수기관으로 선정돼 기관표창을 받았다. 전국 각 시·도교육청과 국립대 등 42개 기관을 대상으로 국정감사를 실시한 국회 교육위원회에서 전북교육청의 교육방향과 성실한 답변 그리고 교육실적 등을 높이 평가받았기 때문이다. 특히 전북교육청이 역점 사업으로 추진한 외국어 체험학습 프로그램과 농산어촌 초등학교 무상급식 지원, 지역사회와 연계한 향토문화 · 예술 계승교육 등도 높은 평점을 얻은 것으로 알려졌다.

2006년 12월에는 국무총리실 직속 국가청소년위원회 주관 2006년도 지방행정기관 청소년정책 평가에서 전국 최우수교육청으로 선정되었다. 학생생활지도 강화 실적, 학생상담기능 강화 추진 실적, 학교부적응 중도탈락 학생 교육·지원 실적, 학교 성교육 강화 추진 실적, 청소년 관련 특색사업 추진 실적, 학교주변 유해환경 정비 및 관리 실적 등을 중점 점검받아 최우수교육청으로 선정된 것이다.

2년 주기로 실시되는 청소년정책 평가에서 이미 2002년과 2004년에 최우수교육청으로 선정된 도교육청은 2008년 또다시 최우수교육청으로 선정되는 영예를 안았다. 김제교육청은 최우수 지역교육청으로 선정되어 최고상인 대통령표창을, 고창교육청은 4위로 선정되어 국무총리 표창을 수상하는 등 청소년정책의 기획·실행에 관한 한 최고 교육청임을 확인받았다.

2007년 3월에는 공공기관의 행정서비스 향상을 위해 행정자치부에서 매년 실시하고 있는 2006행정서비스헌장 평가에서 전국 모범기관으로 선정되었다.

전국 광역·기초 자치단체와 경찰청, 정보통신부, 교육청 등 중앙행정기관을 대상으로 행정서비스 이행실태(현장 역량, 이행 기준 등 5개 분야)와 고객만족도(서비스만족도 등 3개 분야)를 종합적으로 점검했으며, 전북교육청은 모범기관 선정과 함께 헌장인증마크와 행정자치부 장관표창을 받기도 했다. 그동안 고객감동을 목표로 행정서비스헌장제 운영계획을 수립해 지속적인 직원대상 교육을 실시하는 한편 친절서비스리더 63명을 자체 양성해 284회에 걸쳐 2만 144명에 대해 친절서비스 교육 등을 실시한 결과이기도 했다.

효자동 신청사 시대의 개막

● ● ●

흐르는 세월을 거스를 수 없듯이, 건물도 낡으면 새로 태어나야 한다. 전북교육청사도 전주시 진북동 시대를 마감하고 2009년 10월 효자동 신청사로 이전하였다. 도교육청의 전신인 도교육위원회가 지난 1966년 진북동 위치에 청사를 짓고 업무를 시작한 지 45년 만의 일이다.

신청사는 총 사업비 432억 원을 들여 효자5지구 택지개발지역 2만6,120㎡ 부지에 지하 1층 지상 9층, 전체 건물면적 1만 7,356㎡ 규모로 건립되었다. 전주합죽선 모양을 본떠 외형을 설계했으며, 건물 외벽에 태양열 집열판을 설치해 태양광 발전설비를 갖추고 지열 냉·난방 시스템을 갖추는 등 신재생에너지를 적극적으로 도입했다.

또한 신공법과 신소재를 활용하고 에너지 절약형, 친환경형, 안전형으로 구축했으며, 완전한 인텔리전트 빌딩 시스템을 구축하여 착공 이전인 2007년 7월에 이미 국토해양부로부터 우수 친환경건축물 예비인증을 받기도 하였다.

전북교육청의 숙원사업이었던 청사 이전 사업은 그동안 많은 어려움을 겪었다. 지난 1995년 처음으로 청사 이전 계획을 수립한 후 1997년 청사 이전 추진위원회를 발족하고 전주농고 부지로의 이전 사업을 진행, 건축설계 현상공모까지 확정하였으나 1998년 IMF 경제난으로 인해 사업을 중단해야만 했다.

이후 2002년에 전주농고 부지로의 청사 이전을 재추진하였으나 전주농고 동창회 및 교직원의 반대로 다시 중단되는 아픔을 겪기도 하였다.

두 차례의 청사 이전 사업의 중단을 겪은 전북교육청은 더욱 노력하여 2004년 12월 중앙투융자심사위원회로부터 청사 이전 사업의 승인을 받기에 이르렀다. 정부 특별교부금 145억 700만 원을 확보하여 2006년 7월 27일 주택공사와 전주시 효자5택지개발 사업지구의 공공시설용지에 대한 부지매입 계약을 체결하게 되었다. 부지매입 계약금액은 155억 5,100만 원이며 이후 본격적인 청사이전 계획에 돌입한 것이다.

2006년 8월 21일에는 신청사 현상공모 당선작을 발표하였다. (주)이가종합건축사사무소(대표 은동신)가 출품한 공모안이 당선작으로 선정되었다. 건축설계경기 심사위원회 김한태 위원장과 심사위원들은 자연 경관과 도시 맥락을 고려해 부채꼴 모양(합죽선)의 디자인 모티브를 통해 완만한 곡선이 중첩된 편안하고 개방된 분위기의 청사로 설계되었으며, 공간사용과 건물배치, 건물형태가 우수하고

도로 건너편 공원과의 생태 네트워크 계획이 좋다는 평가를 했다.

2007년 10월 드디어 신청사 건립을 위한 첫 공사가 시작되었다. 그러나 공사는 순조롭지 않았다. 착공 1년여만인 2008년 12월 공동 도급회사 중 하나인 동원건설(주)이 부도가 나 한때 위기를 맞기도 했다. 다행히 또 다른 공동 도급 회사인 동양종합건설이 단독으로 공사를 맡아 2009년 9월에 완공하였다. 근대교육 100년을 마무리하고 미래교육 100년을 준비해나갈 터전이 마련된 것이다.

치밀한 계획을 세워 이전을 마무리하고 10월부터는 신청사에서 업무가 시작되었다. 11월 4일 개최된 개청식에는 교육계와 정치계, 학부모 등 400여 명이 참석해 전북교육의 새로운 100년이 열리는 순간을 지켜봤다.

나는 기념식사를 통해 "신청사 개청을 전북교육 발전의 계기로 삼겠다. 특히 2만 5,000여 교육가족들은 도민들이 기대하는 것이 무엇인지, 또 소망하고 희망하는 것이 무엇인지를 파악해 교육이 전북의 희망이 될 수 있도록 노력하겠다."고 말했다.

전북교육청의 효자동 신청사는 숱한 산고를 거치며 태어난 청사이니만큼 앞으로 전북교육의 중심으로 제 역할을 다하기를 기대한다.

최규호 교육감
6년을 되돌아본다

교육자치 시대를 연 2004년의 제14대 교육감 시대를 지나 미래 전북교육 100년의 토대를 마련하기 위해 분주했던 제1기 민선 교육감을 지내온 최규호 교육감이 아름다운 퇴장을 눈앞에 두고 있다. 대학교수, 교육위원, 교육감 등 교육 일선 현장에서 30여 년간 재직해 왔던 최규호 교육감은 '교육이 희망'이라는 신념을 실천하기 위해 혼신의 힘을 다해 왔다. 전북의 미래교육 100년을 위해 앞만 보고 달려온 최 교육감의 지난 6년 세월을 조명해 본다.

 ## 전북교육의 새 역사 쓴 '아름다운 뒷모습'

2004년 8월 18일 교육감 취임과 더불어 보낸 6년의 세월 동안 그는 '교육이 희망'이라고 줄기차게 외쳐왔고 이를 실현에 옮기기 위해 부단히도 애써왔다.

실제 교육감으로 재직했던 6년 동안 최 교육감은 '전국 최초로 무상급식'을 추진하고 정부의 소규모 학교 통폐합에 반대, 전북지역의 농산어촌 학교들을 살려내는 데 혼신의 노력을 펼쳐왔다. 특히 2만 5,000여 교육가족들의 45년 간 숙원이었던 신청사 개청을 비롯, 전북과학교육원, 유아교육진흥원 설립의 토대도 마련했다. 지자체 등 외부기관으로부터 교육경비 4,746억 원을 유치하여 전국 최초 농산어촌지역 유·초·중·고 전체 무상급식, 다자녀·다문화가정자녀 전국 최초 무상교육, 전국 최초 학교회계직원 맞춤형 복지제도 시행, 전국 최초 장애학생 해외체험학습여행, 전국 최초 학교운영비 지원 등 '최초'라는 수식어를 수없이 만들어 내며 전북교육의 역사를 다시 써 내려갔다.

퇴임을 한 달여 앞둔 최 교육감. 농사짓는 농부의 마음으로 전북교육을 잘 가꿔 '유종의 미'를 거둬들이고 있는 그의 과거 6년 세월을 돌아본다.

'눈물 젖은 빵'의 의미…전국 최초 무상급식 추진

산적한 교육의 과제를 안고 취임한 최 교육감이 가장 먼저 한 일은 급식 환경 개선과 무상급식 실현이있다. 어려운 희청시절 '눈물 젖은 빵'의 이 미를 그 누구보다도 잘 알았던 그는 교육위원회 의장 시절부터 학교급식 에 친환경 우리농산물을 공급하기 위해 전국 최초로 관련 조례를 제정하 는 등 발 빠른 식견을 내비쳐 왔다.

이는 교육감으로 재직하며 자연스럽게 '무상급식'으로 이어졌다. 취임 초 67억 원에 불과했던 저소득층 자녀급식비는 2005년 76억 원, 2006년 85 억 원, 2007년 108억 원, 2008년 136억 원, 2009년 152억 원, 2010년 153억 원으로 해를 거듭할수록 그 지원 예산이 증가됐다. 취임 초 0원이었던 농

산어촌지역 무상급식 지원 역 시 2005년 처음 102억 원을 지 원한 데 이어 2006년과 2007년 에는 각각 92억 원과 117억 원, 2008년에는 시행 초 보다 무려 2배 이상 많은 207억 원을 지원 하였고, 2009년 217억 원, 2010 년 229억 원으로 크게 예산이

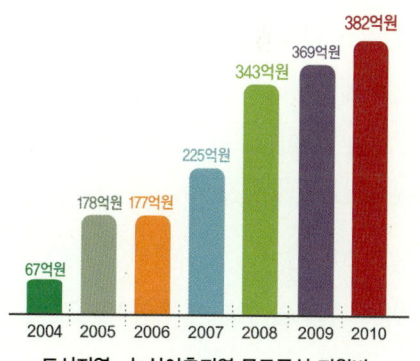

도시지역 · 농산어촌지역 무료급식 지원비

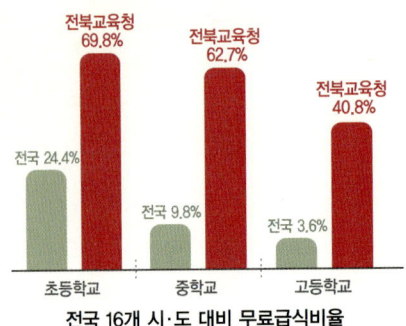

전북교육청
69.8%

전북교육청
62.7%

전북교육청
40.8%

전국 24.4%

전국 9.8%

전국 3.6%

초등학교   중학교   고등학교

전국 16개 시·도 대비 무료급식비율

크게 늘었다. 유치원·초등학교에서만 실시됐던 무상급식은 2007년에는 중학교, 2008년에는 고등학교로 각각 확대됐고 현재는 농산어촌지역은 물론 도시지역 저소득층과 공립유치원에 무상급식이 추진되고 있다.

이 같은 최 교육감의 노력은 지난해 조사한 전국 16개 시·도 교육청 무상급식 비율에서도 잘 나타난다. 전북은 전체 751개 초·중·고교 가운데 62.8%에 달하는 472곳이 무상급식을 실시, 16개 시·도 가운데 무상급식 비율이 가장 높은 지역으로 손꼽히기도 했다. 초등학교(69.8%) 급식비율은 전국 평균(24.4%) 보다 3배 가까이 높았고, 중학교(62.7%)는 전국 평균(9.8%)보다 16배, 고등학교(40.8%)는 전국 평균(3.6%)의 11배에 달하는 것으로 집계됐다.

특히 진안과 무주, 장수, 임실, 순창, 고창, 부안군내 초·중·고교는 100% 무상급식을 실현하고 있는 것으로 나타났다. 최 교육감은 여기에 그치지 않고 2013년에는 도시지역 초·중·고 무료 급식을 확대·운영한다는 로드맵Road map을 만들어 후임 교육감이 바통을 이어받기를 기대하고 있다.

 ## 학력 중심 '교육력 집중'

'학생들이 공부 잘하도록 교사와 학생을 뒷받침하는 곳이 교육청이다.' 교육청의 근본적 존재 이유에 충실하려 노력했던 최 교육감의 철학은 당연히 '학력 향상'으로 귀결됐고 2007년을 학력신장 원년의 해'로 선포했다. 그리고 종합대책인 'Happy School' 과 'Well-Education' 프로젝트를 발표하는 등 모든 역량을 학력신장에 쏟아 부었다.

또한 3대 영역 12개 중점추진 과제를 선정·추진하기 위해 '학력신장 추진 전담팀'을 구성하고 기존의 시책중심에서 학력중심으로 모든 교육력을 집중해 나갔다. 학교의 변화를 유도하기 위한 움직임도 일었다. 장학지도나 학교평가를 할 때 학력신장 관련 영역에 가중치를 부여해 왔을 뿐 아니라 매년 진학성적이 좋은 담당 교사들 180명씩을 선발, 해외연수를 보냈다. 그런가하면 학력신장 우수학교 53개교와 우수교원 53명을 선발해 표창하는 등 학교 현장에서 학력신장 정책이 뿌리내릴 수 있도록 했다. 이런 노력의 결과 기초학력 미달 학생이 0.4%라는 성과를 거뒀다.

그런가하면 사교육비를 줄이기 위해 총 280억 원에 달하는 예산을 방과후학교에 투입, 사교육 축소와 함께 실력도 향상시켜 2008년부터 계속해서 교과부 선정 최우수 방과후학교 운영 교육청으로 두각을 나타냈다. 뿐만 아니라 고교 학급당 80만 원이던 학력증진비를 120만 원으로 50% 증액

했고, 기존에 없었던 중학교에도 학력증진비를 지원하는 재정적 투자도 아끼지 않았다. 최 교육감은 올해 역시 '전북교육의 르네상스'를 내걸고 학력신장 관련 예산을 지난해 대비 대폭 증액한 360억여 원으로 책정하는 등 강도 높은 학력신장 정책을 펼쳐나가기로 했다.

이같은 최 교육감의 노력은 2009학년도 수능 성적 순위에서 16개 시·도 교육청과 비교, 중상위권으로 나타났으며 언어와 외국어 수리영역 상위 100대 학교에 전북외고와 전북과학고, 상산고, 익산고, 원광여고 등이 진입했다.

2010년 역시 지난해 대비, 다소 낮아지긴 했지만 수능 표준점수가 전국 16개 시·도교육청 권역에서 언어 7위, 수리나 5위, 외국어 9위를 차지하는 등 수리가를 제외한 전 영역에서 중위권과 중상위권 성적을 거뒀다. 특히 9개 도(道) 권역과 비교하면 언어는 3위, 수리나는 2위, 외국어는 4위를 차지했다. 언어와 수리나 의 영역 1등급 비율에 있어서도 전북은 전국 일반계 재학생 전체의 1등급 비율보다 월등히 높았으며 특히 수리나의 경우 광주, 제주, 서울에 이어 전국 4위를 차지했다.

순위	시·도명	평균
1	광주	307.6
2	대구	301.6
3	대전	298.7
4	부산	298.6
5	제주	294.5
6	전북	293.5
7	울산	293.5
8	충북	293.4
9	경북	291.0
10	서울	290.7
11	전남	290.5
12	경기	288.5
13	경남	288.2
14	강원	285.5
15	충남	284.4
16	인천	283.6

2010학년도 수학능력시험
전국시·도별 비교

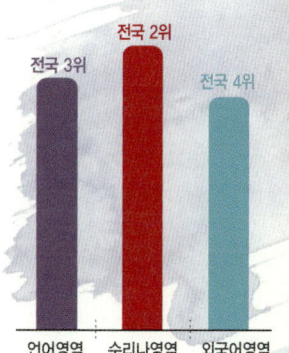

학력신장(9개도(道) 대비 2010 수능 표준점수)

농산어촌교육 살리기… '작고 아름다운 학교'

농산어촌 소규모학교의 교육정상화를 위해 정부는 학생수 100명 이하 학교를 대상으로 통폐합 정책을 추진했다. 이 같은 정부 정책은 농산어촌 학교 비율(31.7%, 240개교)이 많은 전북에는 하나의 위기였다. 최 교육감은 농산어촌 교육황폐화와 지역공동체 기반 붕괴를 우려했다.

그는 "단순히 학생 숫자만을 기준삼아 획일적으로 추진해서는 안 된다"며 전국적 벤치마킹 대상이 된 '작고 아름다운 학교'를 선언하고 나섰다. 학생·학부모, 지역주민과 동창회의 의견수렴을 거쳐 희망하는 학교에 한해서만 통폐합을 추진했고 오는 2012년까지 통폐합 예정 학교를 초등학교 26개, 중학교 11개 등 모두 37개로 전체 소규모 학교의 5%만을 잡았다. 최 교육감은 특히 소규모학교 중 50개 학교 정도를 '작고 아름다운 학교'로 선정, 행·재정적 지원을 강화함으로써 학생 수를 늘리는 등 경쟁력을 키워 나갔다.

올해는 전원학교 13개교를 선정했으며 농산어촌 소규모학교의 특성을 살린 다양한 교육과정을 추진할 수 있는 기틀을 다져놓았다. 또 농산어촌 179개교에 56억여 원의 예산을 투입, 무료 통학버스, 100개교에는 전세버스를 각각 지원하는 등 학생들이 불편 없이 통학할 수 있도록 했다. 교육 여건이 열악한 농산어촌지역 출신 학생들에게 학습의욕과 자긍심을 고취

시킬 목적으로 추진되고 있는 '전주교대 추천 입학생 장학금 제도'는 농산어촌 살리기 사업의 정점에 있는 사업이기도 하다.

　최 교육감은 지역인재 양성을 통한 전북 농산어촌교육 활성화라는 목표 아래 첫 해인 지난 2006년 9명에게 1,800만 원의 장학금을 지급한 데 이어 2007년에는 4,400만 원, 2008년 6,400만 원, 2009년에는 8,600만 원, 올해 1학기에도 43명에게 100만 원씩 총 4,300만 원을 지급하는 등 해마다 그 지원액을 늘려오고 있다. 이와 함께 도내 39개 연중 돌봄학교에 26억 5,000여만 원을 지원, 농산어촌학교의 실질적 교육기회를 보장하는 한편 영어, 문화예술, 체육교육, 특기적성교육 활성화, 학교(급)간 연합모델 운영 등 다양한 돌봄 프로그램을 개발·운영해 나가고 있다. 뿐만 아니라 농산어촌 초등학교 학생들의 학습준비물 예산 지원은 물론 읍면지역 학교운영지원비 전액 지원, 기숙형 고등학교 확대 운영, 도농간 교류학습 프로그램 운영 등 다양한 농산어촌교육 프로그램을 추진 중에 있다.

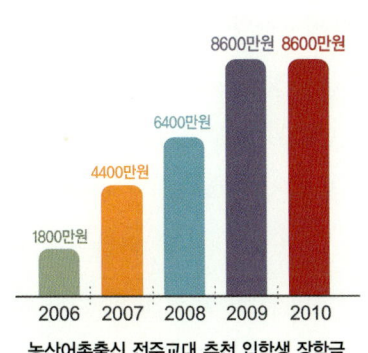

농산어촌출신 전주교대 추천 입학생 장학금

'소통과 협력'을 통한 지자체 파트너십…
전국 최고수준의 교육경비 유치

"교육의 성공적 목적 달성을 위해서는 지방 자치단체의 협력이 필수조건이다."

'소통과 협력'을 중심으로 한 최 교육감의 지자체 파트너십은 해마다 증가하고 있는 전국 최고 수준의 교육경비 유치로 발현됐다. 실제 지난 2004년 57억 원이던 교육경비는 2005년 129억 원, 2006년 407억 원, 2007년 761억 원, 2008년 1,042억 원에 달했다. 지난해 역시 지자체 지원 교육경비 1,074억 원에 공공기관, 산업체, 단체, 개인 등 민간지원금 136억 원까지 합하면 1,210억 원 유치 목표를 무난히 달성했다.

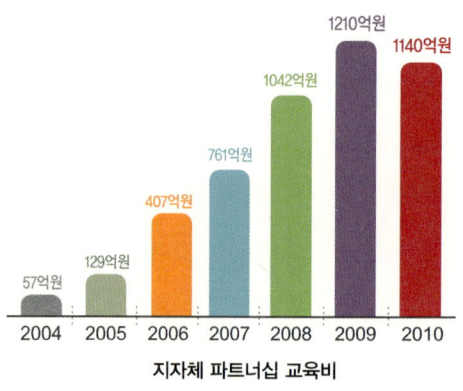

지자체 파트너십 교육비

무엇보다도 최 교육감이 지난 2007년부터 지자체와의 파트너십 강화를 위해 신설한 '교육협력팀'의 역할이 교육경비 유치 증가에 한 몫을 한 것으로 평가받고 있다. 더욱이 지난 2008년에는 지방교육자치법에 따라 교육·학예에 관한 문제를 자치단체와 교육청이 협의하는 '교육행정협의회'를 발족, 외적인 교육경비 증가뿐 아니라 교육 협력사업의 내실화도 크게 진전시켰다.

실제 교과부가 국회 한나라당 박영아 의원에게 제출한 2008년 전국 지지체 교육경비 내용에 따르면, 두교육청은 전주시로부터 141억 7,592만 원의 교육경비를 유치하는 데 성공했으며 이는 전국 230개 지자체 중 7번째로 많은 액수였다. 또 익산시로부터 122억 9,800만 원의 교육경비를 유치, 지자체 가운데 10번째로 많은 액수였으며 정읍시 87억3,800만 원, 남원시 86억 3,400만 원, 군산시 85억 8,000만 원, 김제시 85억 2,300만 원 등의 순으로 유치, 상위 20위권 안에 도내 지자체가 6개가 포함된 것으로 파악됐다.

예산대비 교육경비 보조율 역시 두드러졌다. 남원시(2.59%)와 무주군(2.56%), 고창군(2.56%)이 8, 9, 10번째를 각각 기록했고, 김제시(2.49%)는 13번째, 정읍시(2.35%)는 17번째, 부안군(2.30%)은 21번째, 익산시(2.29%)는 23번째에 올랐다. 도교육청이 이처럼 교육경비 유치에 심혈을 기울이는 것은 탄탄한 교육경비 유치가 교육을 더욱 내실 있게 만들어 낼 수 있다는 믿음 때문이었다. 무상급식 역시 교육경비 유치와 함께 지방 자치단체와의 소통과 협력을 통해 이룬 쾌거다. 무상급식을 제도적으로 뒷받침하기 위해 최 교육감은 '전라북도 교육행정협의회 구성·운영에 관한 조례'를 제정, 도내 14개 지자체로부터 급식지원을 위한 협력을 이끌어 냈으며 매년 시장·군수들과 교육과 관련한 다양한 협력 사업을 펼쳐왔다.

생활 속에 뿌리내린 '인성교육'

　인성교육과 학력신장이라는 '두 마리 토끼'는 최 교육감이 임기 6년 중 가장 중점을 둔 사업이라고 해도 과언이 아니다. 어느 것 하나 소홀히 할 수 없었기에 두 교육체계는 상호보완적이고 양립적 시각에서 다뤄졌다. 갈수록 심화되고 있는 청소년문제는 교육당국의 의지 뿐 아니라 일선 단위학교의 역할이 무엇보다 중요하다고 진단하며 학생·교사·학부모 등 교육의 핵심인자 간 통합적 인간관계 형성에 교육의 주안점을 뒀다.

　다양한 멘토제 운영 프로그램은 바로 그 결과물이다. 주 1회 이상 이메일 문자, 전화, 대면 등을 통한 멘토제 운영으로 멘토와 멘티 간 돈독한 인간관계를 유지할 수 있도록 했으며 상당수 교직원들이 60시간 이상 상담 관련 직무연수에 참여하도록 했다. 학교부적응 학생에 대한 대책도 눈에 띈다. 에듀닥터, 즉 인성주치의단은 의사들과 부적응 학생들을 결연해 문제를 근본적으로 치유하고자 했던 사업이다. 이밖에도 결손 가정, 게임중독 등 통상 일선학교현장에서 벌어질 수 있는 청소년 문제를 해결하기 위해 대안학교를 비롯, Wee센터, Wee클래스 등 다양한 프로그램들을 펼쳤다.

　위센터는 현재 전주를 비롯, 익산, 군산, 정읍 등 6개 지역에서 개설 운영되고 있으며 이중 전주교육청 위센터는 개설 8개월 만에 개인상담만도 1,625건, 집단상담 572건, 학부모상담 256건 등 모두 2,428건에 달하는 등

괄목할만한 성과를 보이고 있다. 일선학교에서 교육에 한계가 있는 학생들을 일시적으로 격리시켜 교육하는 '꿈누리교실'이나 무학년제로 자기에게 맞는 학습을 하도록 하는 전북e스쿨 등은 타 시·도교육청에서 벤치미킹 대상으로 삼을 정도로 양질의 교육서비스로 유명세를 타고 있다.

이런 노력 덕분에 전북교육청은 2004년, 2006년, 2008년에 학생생활지도, 상담, 부적응·중도탈락 학생 교육 등 청소년 전반 정책에 대한 평가결과에서 3번이나 연속하여 전국 최우수기관으로 선정되는 영예도 안았다.

* 이 글은 전북교육청 소식지 '푸른 전북교육' 6월 호에 게재된 것입니다.

교육으로
행복해지는
세상

1쇄발행 2010년 6월 10일

저자 최규호
기획 정상권
발행인 백영곤

책임편집 정재은
마케팅 이현정

디자인 박정수 sugarpouder@naver.com
인쇄 대일문화사

발행처 도서출판 장서가
출판등록 제313-2007-000211호(2007.10.29)
주소 서울시 강서구 내발산동 750-6 신성프라자 502호
연락처 (T)02-2667-8300 (F)02-2667-8301

ⓒ 최규호, 2010
ISBN 978-89-93210-30-9 03810